Christian Tielmann

Drei Detektive
und der unsichtbare Einbrecher

Christian Tielmann

Drei Detektive

und der unsichtbare Einbrecher

Illustriert von
Elisabeth Holzhausen

cbj

cbj ist der Kinder- und Jugendbuchverlag
in der Verlagsgruppe Random House

www.cbj-verlag.de

Umwelthinweis:
Dieses Buch wurde auf chlorfrei gebleichtem Papier gedruckt.

Gesetzt nach den Regeln der Rechtschreibreform.

1. Auflage 2004

Lektorat: Anna Taube
Umschlaggestaltung: Basic-Book-Design, Karl Müller-Bussdorf
at · Herstellung: WM
Satz: Uhl + Massopust, Aalen
Druck: GGP Media GmbH, Pößneck
ISBN 3-570-12840-7
Printed in Germany

1. Kapitel

Eisiges Schweigen erfüllte den großzügigen Salon. Alisa ließ ihren Blick über die Gesichter ihrer sechs Geschwister schweifen. Und die meisten von ihnen schienen nicht gerade viel von dem Vorschlag zu halten, den ihnen ihr Bruder Larry soeben unterbreitet hatte. Alisa konnte sich schon vorstellen, wie die Abstimmung aussehen würde: Sie selbst und ihre Schwester Henry würden für Larrys Vorschlag stimmen. Wie immer; denn die drei hielten zusammen wie Pech und Schwefel. Sie bewohnten die oberste Etage der Villa und ließen sich von nichts und niemandem etwas vorschreiben – wenn es sich einrichten ließ.

Aber leider stimmten Henry, Larry und Alisa nicht allein über den Antrag ab, sondern alle sieben. Und das machte es mal wieder ziemlich kompliziert.

Tom, der Älteste von ihnen, brach als Erster das Schweigen und näselte: »Nee du, Larry, echt nicht. Ich meine, dein Kater im Haus, das ist nicht so gut, glaube ich.«

Es gab Tage, an denen Alisa Tom schätzte, bewunderte und ihn sehr gern mochte. Das waren die Tage, an denen er sie zum Eisstadion brachte, Mathe erklärte, einen Kuchen für die ganze Familie buk oder einfach nur so lange mit ihnen rumalberte, bis sie vor Lachen Bauchschmerzen bekamen. Dämlicherweise gab es aber auch Tage, an denen Alisa den Achtzehnjährigen mit der Pudelfrisur am liebsten auf den Mond geschossen hätte. Das waren die Tage, an denen Tom über den Rand seiner Nickelbrille hinweg die Welt betrachtete, sich irrsinnig erwachsen vorkam und so tat, als hätte er seinen Geschwistern etwas zu sagen. Und ausgerechnet so einen Tag hatten sie erwischt, als Larry seinen wichtigen Antrag stellte.

Alisa rückte auf die Vorderkante des Sessels, sah Tom, der rechts von ihr saß, in die Augen und sagte: »Aber draußen wird es zu kalt für Hase.«

»Er erfriert, wenn wir ihn nicht reinlassen.« Larry rutschte nervös auf dem Sofa herum, das wie ein großes U in den Erker des Salons eingepasst war.

»Bring deinem Satansbraten erst Manieren bei!« Polly, die Zweitälteste, verschränkte die Arme vor der Brust.

Alisa seufzte. Das mit den Manieren war bei Larrys Haustier tatsächlich so eine Sache. Der Kater war unter

Irischen Wolfshunden aufgewachsen und hatte daher so seine Macken. Ihm fehlte ein Stück vom linken Ohr, weil er einmal versucht hatte, mit einem Rottweiler zu spielen. Außerdem war sein Schwanz nicht mehr ganz ganz, seit er Bekanntschaft mit dem Rasenmäher gemacht hatte. Er konnte winseln wie ein Welpe und sein Miauen klang wie ein Bellen. Alisa hätte sich nicht gewundert, wenn er auch noch an einer Laterne sein Beinchen gehoben hätte. Außerdem trug er den schönen Namen »Hase«. Und Hase benahm sich ausgesprochen schlecht – besonders wenn er ins Haus durfte. Er hatte zwei Hamster, drei Goldfische und den alten Wellensittich von Polly auf dem Gewissen. Deshalb musste er in den Sommermonaten in einer Hundehütte wohnen. Als er im vergangenen Winter im Haus lebte, hatte er sich angewöhnt, auf Schränke zu klettern, um sich dann mit viel Schwung auf jeden zu stürzen, der vor dem Schrank herumlief.

Damit hatte sich Hase nicht gerade Freunde unter den Geschwistern gemacht. Und das rächte sich nun, als Larry im Hausrat beantragte, Hase wieder ins Haus zu lassen. Mittlerweile wurde es nämlich nachts schon ziemlich kühl.

»Für andere Haustiere kann Hase nicht mehr gefährlich werden«, gab Larry zu bedenken.

Aber das hätte er lieber nicht gesagt. Polly schossen die

Tränen in die Augen. »Ja, weil der Mistkerl sie alle aufgefressen hat!«

Henriette, genannt Henry, verdrehte die Augen. »Mensch, Polly, du hast deinen blöden Vogel doch eh nie sauber gemacht! Außerdem hast du selbst gesagt, dass der Geier öde war!«

»Das ist noch lange kein Grund, ihn zu fressen!«, rief Polly.

»Hase ist eben ein Raubtier. Das ist seine Natur!«, hielt Henry dagegen.

»Ja eben! Und ein Raubtier hat im Haus nichts verloren!« Polly starrte vor sich auf den großen Couchtisch.

Tom schüttelte den Kopf und nuschelte: »Nee, wirklich, Larry. Ich meine, Hase macht im Haus nur Schwierigkeiten.«

»Und Dreck!«, fügte Polly hinzu. »Letzten Winter hat er zweimal die Küche umgepflügt. Und außerdem pinkelt er im ganzen Haus sein Revier ab. Wenn ihr mich fragt, dann ist dieses Vieh nicht ganz normal!«

»Dich fragt aber keiner!«, fuhr Henry sie an.

»Sieh an, sieh an! Henriette will mir verbieten, im Hausrat meine Meinung zu sagen! Wenn das mal nicht gegen alle Regeln ist!«, knurrte Polly.

»Dann hab halt nicht so eine beknackte Meinung«, keifte Henriette zurück.

Alisa hob beschwichtigend die Hände. »Immer mit der Ruhe, Henry! Im Hausrat darf jeder seine Meinung äußern, das weißt du!«

Der so genannte Hausrat war eine der intelligentesten Einrichtungen, die die Kinder geschaffen hatten, um ihr Leben in der Villa zu organisieren. Einmal pro Woche trafen sich alle sieben, um die wichtigsten Wichtigkeiten zu besprechen. Vom Putz-, Wasch- und Kochplan über die Ankündigung von Besuch bis hin zu Anschaffungen von Tieren, Küchenmaschinen oder neuen Computeranlagen – im Hausrat wurde über alles diskutiert und abgestimmt. Dabei zählte jede Stimme gleich viel. Egal ob man achtzehneinviertel oder dreieinhalb Jahre alt war.

Dabei gab es natürlich auch manchmal kleine Pannen. Zum Beispiel hatten sie zum letzten Weihnachtsfest fünfzehn Weihnachtsbäume aufgestellt, weil Mathilda, die Zweitjüngste, einen kleinen Schwarzwald beantragt hatte und niemand dagegen stimmen wollte – abgesehen von Tom, der gerade eine seiner »vernünftigen Phasen« hatte. Auch dass in der Küche drei Spülmaschinen standen, war nicht ganz normal. Andererseits waren drei Spülmaschinen sehr praktisch: Denn bevor die Kinder ihre dritte Spülmaschine angeschafft hatten, gab es im Hausrat immer wieder Diskussionen darüber, wer die zwei vorhandenen Spülmaschinen ein- und ausräumen musste. Seit sie aber drei Spülmaschinen hatten, gab es dieses Problem nicht mehr, weil sie die Maschinen zugleich als Geschirrschränke nutzten: Eine Maschine war immer randvoll mit sauberem Geschirr, eine zweite Maschine lief gerade und in der dritten Maschine war Platz, um dreckiges Geschirr abzustellen. Die Schränke waren auf diese Weise zwar fast leer, aber die Küche der Villa war stets tipptopp in Ordnung.

Alles in allem funktionierte der Hausrat so gut, dass sich Alisa manchmal fragte, warum sich nicht alle Familien so organisierten. Vor allem war es wichtig, dass die Erwachsenen nicht zu viel zu sagen hatten. Denn das führte früher oder später zu Streit, Scherben, Tränen und Auszug. Das wusste niemand besser als Alisa und ihre Geschwister. Vom Streiten mit Scherben, Tränen und Ausziehen verstanden Alisas Mutter Mona Markowsky und ihr neuer Mann Konrad Scheller nämlich eine ganze Menge: Konni war zum dritten, Mona zum zweiten Mal verheiratet. Außerdem war Alisas Mutter Anwältin – Scheidungsanwältin. Und Mona und Konni hatten dummerweise eine Gemeinsamkeit: Sie stritten gern und heftig, packten ihre Sachen oder die Sachen des anderen und zogen entweder selbst aus oder wollten den jeweils anderen aus dem Haus schmeißen. Die Kinder sahen sich das Theater zwei Jahre lang an. Dann riss ihnen der Geduldsfaden: Tom und Polly beriefen den ersten Hausrat in der Geschichte der Villa ein. Sie erklärten die Regeln und entmachteten die Erwachsenen. Ab sofort galt nur noch das, was im Hausrat beschlossen wurde. Auf dieser Basis beschlossen die Kinder, in der Villa zu bleiben, egal ob Konni oder Mona wieder auszogen oder sich rausschmissen. Schließlich war es total umständlich, alle paar Monate die Kisten zu packen, Möbel auseinander zu schrauben und alles auszuräumen, nur um wenige Tage oder Wochen später dann doch wieder in die Villa einzuziehen.

»Wie wäre es, wenn wir Hase nur bei uns im Dachgeschoss halten?«, schlug Alisa vor.

»Mensch, nee, Alisa, das haut doch nicht hin, weißt du?« Tom lehnte sich im Ohrensessel zurück. »Hase zu bändigen, das ist mehr so was für einen Dompteur als für euch drei Komiker. Der ist doch schneller aus Larrys Zimmer abgehauen, als ihr ›Stopp, du Mistvieh!‹ rufen könnt. Es war schon schwer genug, ihn daran zu gewöhnen, dass er in der Hundehütte wohnt!«

Alisa ließ sich in den Sessel zurücksinken. Tom und Polly waren nicht zu überzeugen. Also mussten sie überstimmt werden. Und dazu brauchten sie die Stimmen der Minis. Die beiden Minis saßen auf dem Sofa und hörten sich die Streiterei ihrer Geschwister erst einmal geduldig an. Alisa musterte sie. So wie sie dasaßen, hätte man die beiden für zwei ganz entzückende, süße, brave, liebe Kinder halten können. Aber das war nur Tarnung, das wusste Alisa genau. In Wahrheit hatten sie es faustdick hinter den Ohren. Mathilda, die Fünfjährige, und Benjamin, der erst dreieinhalb war, waren die jüngsten Bewohner des Hauses. Ähnlich wie Larry, Henry und Alisa hielten sie stets zusammen. Mathilda wusste genau, wie sie die Streitigkeiten zwischen ihren älteren Geschwistern für sich ausnutzen konnte. Als Tom vor einem Vierteljahr den Antrag gestellt hatte, dass er seinen VW-Bus in der Garage parken dürfe, waren Larry, Henry und Alisa entschieden dagegen gewesen. Denn das hätte bedeutet, dass sie ihr geheimes Detektivbüro aus der Garage räumen müssten, um für den Bus Platz zu schaffen. Polly war es mehr oder weniger egal gewesen, aber weil sie damals aus irgendeinem blöden Grund sauer auf Henry war, hatte sie für Toms Antrag gestimmt. Da stand es, genauso wie jetzt, drei gegen zwei. Und dann hatte Mathilda sehr geschickt diese Abstimmung mit dem Antrag verknüpft, dass Tom für die nächsten drei Monate ihren Aufräumdienst übernahm. Tom willigte ein und schon stimmten die Minis für seinen Antrag! Im Augenblick schien Mathilda in aller Ruhe zu überlegen, von wem sie was erpressen könnte.

Nur der kleine Benjamin hatte mal wieder nichts kapiert. »Hase braucht Pulli und Mütze und Schal«, krähte er.

»Ich könnte für Larrys Antrag stimmen«, sagte Mathilda. »Ich *könnte*! Aber ich könnte auch mal bei eurem Detektivspiel mitmachen.«

Alisa schüttelte den Kopf. Das kam überhaupt nicht infrage. Die Detektivarbeit war nichts für Mathilda – ganz und gar nichts. »Vergiss es.«

Und auch Henry knurrte: »Lieber lassen wir Hase erfrieren.«

Mathilda zuckte mit den Schultern und tat so, als sei ihr das völlig gleichgültig. »Tja, dann sind Ben und ich natürlich gegen Larrys Antrag. Hase muss draußen bleiben.«

»Und Heizung«, plapperte der kleine Benjamin weiter. »Heizung braucht Hase auch: Ein Schnorrstein auf die Hasehütte!«

Alisa hörte nicht auf Benjamins Gebrabbel. Sie sank noch tiefer in den Sessel und ärgerte sich über Mathilda, Polly und Tom. War es denen wirklich egal, wenn Hase draußen erfrieren würde? Auch Henry saß mit einer ziemlich verkniffenen Miene da.

Der Einzige, der auf das hörte, was Benjamin sagte, war Larry. Und der rief plötzlich: »Ben hat Recht. Ich ziehe den Antrag zurück!« Er setzte sich im Schneidersitz auf die breite Sitzfläche des Sofas. »Wenn wir Hase nicht in die

Wärme des Hauses holen können, dann können wir vielleicht Wärme in Hases Haus bringen.« Er strahlte in die Runde und sagte: »Hiermit beantrage ich, dass wir die Hundehütte winterfest machen. Zentralheizung, Wärmedämmung, ein neuer Boden und ein beheizbares Katzenklo müssen drin sein.«

Das klang nach einer ziemlich vernünftigen Lösung. Die Sache hatte nur einen Haken.

»Diese Bauarbeiten sind teuer. Da müssen Konrad und Mona zustimmen«, sagte Tom.

»Darum kümmere ich mich«, sagte Larry.

»Also gut. Wer ist für Larrys neuen Antrag?«, fragte Tom.

Alisa hätte jubeln können, als sie sah, dass sieben Hände hochgingen. Ein so eindeutiges Ergebnis war selten im Hausrat. Die letzte einstimmige Entscheidung, an die sich Alisa erinnern konnte, hatte die Anschaffung der dritten Spülmaschine betroffen.

2. Kapitel

Konrad Scheller war in Ordnung, fand Alisa. Er stritt sich zwar gelegentlich mit ihrer Mutter, dass die Wände wackelten, aber er akzeptierte die meisten Beschlüsse des Hausrats. Er hatte nicht einmal protestiert, als die Kinder die Fassade seiner Villa in allen Farben des Regenbogens anpinseln wollten. Und wenn es ihm in seiner eigenen Villa dann doch zu bunt wurde, zog er sich eben für ein paar Tage in das Direktorenzimmer seines Hotels zurück und war für niemanden zu sprechen.

Das Hotel »Schellerhof«, das schon Konrads Urgroßvater gehört hatte, lag auf der anderen Straßenseite der Rabenstraße schräg gegenüber der Villa. Es war eines der feinsten Hotels der Stadt. Und das Büro des Direktors im ersten Stock war eines der schönsten, größten und ordentlichsten Büros des Landes. Und es war bestens bewacht. Denn vor seiner Bürotür hatte Konrad Scheller seine Chefsekretärin postiert. Die Dame hörte auf den Namen »Müller«, wurde aber vom gesamten Hotelpersonal nur »Zerberus« genannt. Und diesem Namen machte Frau Müller alle Ehre: Genau wie der dreiköpfige Höllenhund Zerberus aus den griechischen Sagen bewachte sie gnadenlos die Eingangspforte zum Zimmer des Chefs. Sie hatte die Aufgabe, ihn vor Besuchern, Anrufen und Terminen zu schützen – und darin war sie richtig gut.

»Ausgeschlossen, nein, tut mir Leid, zurzeit ist Herr Doktor Scheller nicht zu sprechen. Worum geht es denn?« Zerberus sagte diese Sätze ins Telefon, zu Hotelgästen, zu den Angestellten und sogar zu den Kindern, die gelegentlich im Vorzimmer des Büros auftauchten.

Am Mittwochnachmittag stieg Alisa zwischen Larry und Henriette die breite Treppe des Hotels »Schellerhof« hinauf zu Konnis Büro. »Warum hast du deinen Mantel angezogen?«, fragte sie ihren Bruder. Larry sah verwegen aus: Er steckte in einem schweren schwarzen Mantel, aus dem nur sein Kopf herausragte. Der Mantel war ihm mindestens fünf Nummern zu groß. Seine Hände waren irgendwo in den Untiefen der Ärmel versteckt. Und bei jedem Schritt musste er darauf achten, dass er nicht versehentlich auf den Saum trat und stolperte. Larry liebte dieses Kleidungsstück heiß und innig: Es war sein Zaubermantel. In seinem Innern waren jede Menge Taschen, Geheimfächer und Leitungen eingebaut, mit denen er Zaubertricks vorführen konnte. Leider wurde der Mantel durch diese Extras ziemlich schwer, sodass Larry einen etwas schleppenden Gang hatte, sobald er ihn trug.

Larry lächelte und sagte: »Wart's ab!«

Sie schritten den Flur entlang.

»Überlasst Zerberus ruhig mir«, sagte Henry. Sie strich eine schwarze Haarsträhne zurück unter das Stirnband, das ihre Indianermähne zusammenhielt. Sie öffnete die große Flügeltür zum Vorzimmer und stürmte auf die Bürotür von Konni zu, wurde aber kurz vor ihrem Ziel von Zerberus gestoppt.

»Nicht so schnell, mein Fräulein!« Die Sekretärin kam hinter ihrem Schreibtisch vorgeschossen und verbarrikadierte mit ihrem breiten Körper die Tür. »Ihr könnt da jetzt nicht rein, der Doktor ist nicht zu sprechen! Oder habt ihr einen Termin?«

»Seit wann brauche ich einen Termin, um mit meinem Vater zu sprechen?« Henriette versuchte, an Zerberus vorbei die Türklinke zu erwischen – vergeblich.

»Oh, Frau Müller, haben Sie etwa heute Geburtstag?«, fragte Larry mit zuckersüßer Stimme aus seinem Mantel hervor.

Alisa drehte sich zu ihm um. Tickte der noch richtig?

Warum quatschte der auf einmal auf Zerberus ein? Und was flötete er da von Geburtstag?

»Von wem haben Sie denn diese hübschen Blumen bekommen?« Larry deutete mit dem rechten Ärmel seines Zaubermantels auf den Schreibtisch.

»Red keinen Unsinn, Bürschchen! Da sind keine Blumen«, knurrte die Sekretärin und wich keinen Schritt zur Seite.

»Na, wenn Sie schon keine Blumen vom Chef bekommen haben, dann nehmen Sie doch die hier!« Larry trat auf die Sekretärin zu, schüttelte den linken Ärmel und zauberte einen etwas zerzausten und angeknabberten Blumenstrauß hervor. »Herzlichen Glückwunsch!«

Zerberus war ziemlich verdutzt und ließ sich von Larry den Blumenstrauß in die Hand drücken. »Das ist aber nett. Allerdings habe ich heute gar nicht Geburtstag.«

Auch Alisa war überrascht. Das war endlich mal ein Zaubertrick von Larry, der funktionierte. Auch wenn die Blumen nicht gerade frisch aussahen.

»Nicht? Na, wenn das so ist, dann kriegen Sie auch keine Blumen!« Larry hob die Arme und murmelte einen Zauberspruch. Daraufhin kam ein grauweiß gestreifter Kater aus dem rechten Ärmel geschossen, stürzte sich auf die Sekretärin, die vor Schreck aufschrie und die Blumen fallen ließ. Aber dann entdeckte der Kater den Schreibtisch der Sekretärin. Mit zwei Sätzen war er auf der Schreibplatte und fegte alle Stifte, das Telefon, den Tacker und den Locher auf den Boden, ehe er sich daran machte, den großen Terminkalender mit seinen Krallen zu Konfetti zu zerrupfen. Dieses Tier war niemand anderes als Hase.

»Nimm das Monster da weg!«, schrie Zerberus.

»Tut mir Leid, das war anders geplant, die Blumen sollten sich eigentlich in Luft auflösen«, murmelte Larry ziemlich zerknirscht und versuchte, Hase wieder einzufangen. Der aber fand es besonders spaßig, seinem Herrchen zu entwischen.

»Also gut, also gut, es reicht!«, rief die Sekretärin, als Hase auf die Garderobe sprang und sehr interessiert an ihrem Hut herumschnupperte. »Soll der Chef sich mit euch rumärgern!«, rief sie und ließ die drei Kinder mitsamt ihrem Wahnsinnskater eintreten.

Konrad Scheller war wirklich nicht zu sprechen: Er lag auf seinem Ledersofa, hatte die Schuhe ausgezogen und machte ein Nickerchen.

»Frau Müller, hatte ich nicht ausdrücklich gesagt, dass ich nicht gestört werden möchte?«, knurrte er, ohne die Augen zu öffnen.

»Entschuldigen Sie vielmals, Herr Doktor, aber diese Kinder und das Monster …«

Hase sprang auf Konrads Bauch. Der Hoteldirektor öffnete ein Auge, musterte den Kater und die drei Kinder. Er klappte das Auge wieder zu, streichelte den Kater, der es sich auf seinem Bauch bequem machte, und murmelte: »Ist nicht Ihre Schuld, Frau Müller. Diese Kinder sind schlecht erzogen. Ich kenne mich da aus.«

»Wenn Sie es sagen, Herr Doktor.« Frau Müller betrachtete mit einem säuerlichen Gesicht Alisa, Henry und Larry.

Konni gähnte und öffnete das rechte Auge noch einmal. »Ist in Ordnung, Frau Müller. Ich höre mir an, was die drei Spaßvögel zu sagen haben. Aber bitte sorgen Sie dafür, dass wir nicht gestört werden!«

Frau Müller nickte, verließ das Büro und zog die Tür hinter sich zu.

»Muss ich aufstehen?«, fragte Konni.

»Nein, ich glaube, du bleibst besser liegen«, antwortete Alisa. Schließlich war sie sich nicht ganz sicher, ob er in Ohnmacht fallen würde, wenn er hörte, was sie von ihm wollten.

»Das klingt nach einer mittleren Katastrophe«, sagte Konni und schloss das Auge wieder.

»Wir brauchen Geld«, platzte Henry heraus. »Wir wollen Hases Hundehütte winterfest machen.«

»Zentralheizung, Wärmedämmung, ein Doppelglasfenster, neue Fußböden, beheiztes Katzenklo«, zählte Larry auf.

Konrad Scheller riss die Augen auf und starrte die drei Kinder an. Dann sah er dem Kater auf seinem Bauch in die Augen und fragte: »Träum ich?«

Aber ehe Alisa ihm alles haarklein erklären konnte,

flog die Bürotür schon wieder auf. »Es ist mir vollkommen egal, ob er gestört werden will oder nicht!«, rief eine ältere Dame. »Hier geht es um Leben und Tod, verstehen Sie?«

Konni setzte sich aufrecht hin, sodass Hase von seinem Bauch auf das Sofa springen musste. »Frau Müller, was ist denn schon wieder?« Aber als er sah, wer da in sein Büro gestürmt kam, beeilte sich Konni, seine Schuhe anzuziehen. Er klopfte sich die Katerhaare vom Hemd, schnappte sich sein Direktoren-Jackett und nickte seiner Sekretärin zu, die entschuldigend mit den Händen ruderte. Es war anscheinend wirklich nicht Zerberus' bester Tag. Aber ihre Gegnerin war mindestens so gefährlich wie Hase: Die weißhaarige Dame, die da mit ihrem Regenschirm wild in der Luft herumfuchtelte, war Konrads Tante Adele.

»Ich fass es nicht, Konrad, ich fass es nicht!« Tante Adele setzte sich auf einen der zwei Stühle vor dem ausladenden Schreibtisch. »Ich muss dich sprechen, und dieser dreiköpfige Höllenhund von einer Sekretärin sagt, dass du in einem Termin wärst! Und was sehe ich? Du hältst ein Nickerchen, streichelst ein Wildschwein und spielst mit diesen verzogenen Kindern!« Tante Adele rückte ihre goldumrandete Brille zurecht. »Konrad, hör zu! Es ist schrecklich, fürchterlich, furchtbar, schlimm und schrecklich.«

Konrad schlurfte hinter seinen Schreibtisch. »Das sagtest du bereits.«

»Was?«

»Schrecklich. Du hast zweimal ›schrecklich‹ gesagt.«

»Es ist ja auch doppelt schrecklich!«

»Was?«

»Na, die Einbrüche! Puh, hast du keinen Tee für mich? Aber wasch dir bitte die Hände, ehe du das Telefon anfasst! Müssen wir Doppelkopf jetzt absagen? Schmeiß doch bitte dieses Schwein aus dem Fenster! Ich bin ganz durcheinander.«

Alisa setzte sich auf das schwarze Ledersofa an der linken Wand, auf dem Konni sein Schläfchen gehalten hatte. So aufgeregt, wie Tante Adele war, konnte es noch ein Weilchen dauern, ehe sie Konni ihren Hundehüttenantrag erklären konnten. Larry hockte sich neben sie, schnalzte einmal mit der Zunge, und schon sprang Hase, der ausnahmsweise mal gehorchte, auf seinen Schoß. Henry lehnte sich mit dem Rücken an die gegenüberliegende Wand und verdrehte die Augen. Alisa musste schmunzeln. Henry hasste Tante Adele. Und Tante Adele hasste Henry – jedenfalls hatte sie immer etwas an ihr auszusetzen: Sie solle sich nicht so kleiden wie ein Junge. Und immer diese Turnschuhe, die passten Tante Adele überhaupt nicht. Vor allem fand sie Henriettes Stirnband »unmöglich«. Zu ihrem Geburtstag hatte Tante Adele ihr sogar einmal die hässlichsten Ohrringe aller Zeiten geschenkt und war später beleidigt, als sie mitbekam, dass Henry sie bei Mathilda gegen eine Hand voll Gummibärchen eingetauscht hatte.

»Einbruch? Tee? Doppelkopf?« Konrad schüttelte den Kopf. »Tante Adele, jetzt mal der Reihe nach. Was ist passiert?«

»Was passiert ist? Das will ich dir sagen: Etwas Schreckliches ist passiert! Vor zwei Wochen ist bei Herrn Luhns eingebrochen worden und letzte Woche ... – ach, es ist entsetzlich!«

Was Tante Adele erzählte, war ein ziemliches Durcheinander. Aber nach und nach begann Alisa zu verstehen. Tante Adele spielte schon seit Jahrzehnten jeden Mittwochnachmittag mit ein paar altehrwürdigen, steinreichen Damen und Herren im Hinterstübchen des Hotels »Schellerhof« Doppelkopf. Vor zwei Wochen war bei einem der Teilnehmer dieser Spielrunde, Herrn Luhns, eingebrochen worden.

»Seine Kunstschätze, das Bargeld, alles weg!« Tante Adele tupfte sich mit einem Spitzentüchlein die Stirn. »Und letzte Woche sind die Schufte bei Herrn Dauer eingestiegen.«

»Dauer, ist das der Mann, der den echten Rembrandt zu Hause hängen hat?«, fragte Konni.

»Hatte!«, verbesserte Tante Adele. »Er *hatte* einen echten Rembrandt. Seit letzter Woche hat er keinen mehr. Und auch seine wertvollen Skulpturen sind weg.«

Konrad legte die Stirn in Sorgenfalten. »Gut. Äh, ich meine: schlecht. Aber was habe ich damit zu tun?«

Die alte Dame bekam vor Aufregung rote Flecken im Gesicht. »Das fragst du noch? Diese Diebe brechen immer mittwochs ein! Verstehst du? Während wir hier Karten spielen. In einer halben Stunde wollen wir anfangen zu spielen, und wir fragen uns, wer wohl als Nächstes zum Opfer dieser Übeltäter wird! Herr von Stein, Frau von der Heide und Frau Wolff haben schon abgesagt! Sie wollen lieber ihre Häuser bewachen. Aber das ist doch keine Lösung!« Tante Adele schnappte kurz nach Luft und rief: »Ich lasse mir den Klub doch nicht von einer Verbrecherbande verderben!«

Alisa rutschte nervös auf dem Sofa hin und her. Sie sah aus dem Augenwinkel, dass Larry sich kerzengerade hingesetzt hatte. Und auch Henriette legte den Kopf schief und hörte gebannt, was die alte Tante berichtete. Sogar Hase schien seine anderthalb Ohren zu spitzen. Denn das, was Tante Adele da erzählte, klang spannend und abenteuerlich. – Es klang nach einem neuen Fall für die drei Freizeitdetektive!

Konni angelte sich sein Telefon. »Was sagt denn die Polizei dazu?«, fragte er, während er eine Nummer eintippte.

»Die Polizei? Ach die, die spinnt doch! Die Beamten haben gesagt, dass sich Dauer mal nicht so aufregen solle, schließlich sei das Gemälde doch versichert gewesen!« Tante Adele tupfte sich mit ihrem Spitzentuch über die Stirn. »Als ob das Geld ein Trost wäre! Das ist doch das Mindeste, dass er das Geld bekommt, wenn ihm jemand den Rembrandt stiehlt!«

Konni zuckte mit den Schultern. »Tut mir Leid, Tante Adele. Alles was ich dir im Augenblick anbieten kann, ist ein Gespräch mit meinem Hausdetektiv. Vielleicht weiß er ja Rat.« Er lauschte in sein Telefon und sagte: »Hausmann? Ja, kommen Sie doch bitte mal in mein Büro.«

Sherlock Hausmann war ein gemütlicher Zeitgenosse. Meist schlurfte er in Pantoffeln durch das Hotel, kaute ständig Kaugummi und wurde von den Gästen und Angestellten gleichermaßen belächelt. Aber das störte den Detektiv des Hotels »Schellerhof« nicht. Er hatte sich fest vorgenommen, sich über nichts und niemanden mehr aufzuregen. Das hatte ihm erstens sein Arzt empfohlen und zweitens riet ihm das die Vernunft; schließlich hatte er sich früher, als Polizist und als Privatdetektiv, genug aufgeregt. Er bewohnte im Westflügel des Hotels zwei Dachkammern, von denen er eine als Arbeitszimmer nutzte. Alisa, Larry und Henry hatten schon ganze Nachmittage in Hausmanns Büro verbracht, denn er kannte einfach die besten Detektivgeschichten und die allerbesten Tricks. Und manchmal hatte er sogar kleine Aufträge für die drei Kinder, wenn er selbst keine Lust hatte, sie zu übernehmen.

Sherlock Hausmann ließ sich noch nicht mal von der aufgeregten Tante Adele aus dem Konzept bringen. »Nur die Ruhe, Frau Scheller«, sagte der Herr mit der knubbeligen Nase, als er ins Chefbüro trat, und hörte sich die ganze Geschichte an.

Dann schwieg er, machte sich ein paar Notizen, runzelte die Stirn und sagte: »Es gibt zwei Dinge, die wir tun können. Eines ist ganz einfach, das andere etwas komplizierter.« Er zog aus einer Westentasche einen Kaugummi, den er umständlich auspackte.

»Machen Sie's nicht so spannend, Hausmann.« Konni hielt sich an den Lehnen seines Sessels fest.

»Zunächst das Einfache.« Hausmann steckte sich den Kaugummi in den Mund. »Ändern Sie den Termin. Treffen Sie sich nicht mehr mittwochs, sondern bei jedem Treffen an einem anderen Tag und zu einer anderen Zeit.«

»Aber wir treffen uns schon seit fünfzehn Jahren am Mittwoch!«, rief Tante Adele entrüstet. »Und nie gab es Probleme mit diesem Termin.«

Sherlock Hausmann schmatzte. »Eben. Deshalb ist der Doppelkopfklub ja auch so leicht auszuspionieren.«

»Und wie sieht Ihre schwierige Maßnahme aus?« Konni warf einen auffälligen Blick auf seine Armbanduhr und blätterte schon etwas entnervt in seinem großen Terminkalender.

»Nun, wir könnten den Fall selbst untersuchen.« Sherlock Hausmann zwinkerte Alisa unauffällig zu.

Konni runzelte die Stirn. »Trauen Sie sich das noch zu, Hausmann? Denken Sie an Ihr Herz!«

Der alte Mann grinste. »Wenn ich mir ein paar Helfer suche, könnte ich es ja noch einmal versuchen.«

In Alisas Bauch starteten hundert Flugzeuge. Die passenden Helfer für diesen Fall kannte sie schon! Das waren nämlich Henriette Scheller, Larry Cormac und sie selbst, Alisa Markowsky! Aber im Augenblick schwieg sie und verzog keine Miene. Schließlich wussten weder Konrad noch ihre Mutter von der Detektivarbeit der drei Kinder. Und das sollte auch möglichst so bleiben.

Konni nickte. »Gut, machen Sie sich an die Arbeit, Hausmann.«

Hausmann lächelte zufrieden, hakte sich bei der verblüfften Tante Adele unter und führte sie zur Tür. »Dürfte ich Sie denn noch auf ein Gläschen Pfefferminztee in die Bar bitten, Frau Scheller? Ich habe noch ein paar Fragen.«

Er hatte die Türklinke schon in der Hand, als er sich noch einmal zu den drei Kindern umdrehte und Alisa zunickte.

»So eine Aufregung!« Konni sah auf die Uhr. »Kann euer Antrag bis heute Abend warten oder müsst ihr sofort eine Entscheidung von mir haben?«

»Je schneller, desto besser«, gestand Larry.

Konni seufzte. »Also gut, dann erklärt mir noch einmal ganz genau, worum es ging. Aber schnell. Schließlich bin ich nebenbei ja auch noch Hoteldirektor.«

3. Kapitel

Sherlock Hausmanns Detektivbüro in der Dachkammer war das genaue Gegenteil von Konnis Büro im ersten Stock des Hotels. Konnis Bürotür war von einem Höllenhund bewacht – Hausmanns Tür stand meistens offen. Konnis Büro war geräumig, hell und aufgeräumt – Hausmanns Büro hatte die Größe und Beleuchtung eines Schuhkartons. Und »Aufräumen« war für Hausmann ein Fremdwort. Auf, unter, neben, vor und hinter seinem Schreibtisch breiteten sich die verschiedensten Papiere, Ordner, Schachteln, Lupen, leere und volle Kaugummipäckchen und Trillerpfeifen aus. Und meistens waren auch die beiden einzigen Stühle besetzt: Auf dem einen Stuhl, der hinter dem Schreibtisch stand, saß Hausmann, auf dem zweiten Stuhl, der vor dem Schreibtisch stand, lag Gerümpel.

»Entschuldigen Sie, es hat etwas länger gedauert«, sagte Alisa, als die drei Kinder die Dachkammer betraten.

»Kein Problem, kommt rein.« Hausmann saß hinter seinem Schreibtisch und kaute Kaugummi. »Nehmt Platz, wenn ihr welchen findet.«

Alisa setzte sich auf eine große Schatztruhe, die an der rechten Wand stand. Henriette nahm den Stuhl, der ausnahmsweise mal frei war, und Larry hockte sich rechts von Alisa auf den Boden, während sich Hase sofort auf eines der Regalbretter über der Tür verkroch, von wo er alles im Blick hatte.

»Ich habe schon mal ein paar Nachforschungen angestellt«, sagte Hausmann. Er holte aus dem Zettelgebirge, das sich auf seinem Schreibtisch türmte, eine Liste hervor. »Der Doppelkopfklub hat acht Teilnehmer.«

Der Detektiv stand auf und klebte ein ziemlich zerfleddertes Blatt Papier an die Wand, auf dem in krakeligen Buchstaben notiert war:

1. Adele Scheller
2. Manfred Dauer
3. Ludwig Luhns
4. Jakob von Stein
5. Eleonore Wolff
6. Constanze von der Heide
7. Gräfin Luise von Brachte
8. Christina Rode

»Jetzt heißt es aufpassen, meine lieben Kollegen!« Hausmann lehnte sich an die Schreibtischkante. »Diese acht Leute haben einiges gemeinsam: Sie spielen jeden Mittwochnachmittag Doppelkopf, sie kennen sich seit Jahrzehnten, sie sind miteinander befreundet und sie sind alle nicht gerade arm. Laut Adele Scheller sind sie sogar steinreich. Außerdem leben sie alle in ihren Häusern allein. Die beiden Namen, die ich unterstrichen habe, sind die Opfer. Ich habe mit beiden telefoniert. Sowohl bei Herrn Dauer als auch bei Herrn Luhns wussten die Einbrecher, was sie mitnehmen wollten: Beide Herren hatten wertvolle Kunstgegenstände, aber auch Kopien, die nicht besonders viel wert sind. Eine Kopie von einem Original zu unterscheiden, ist nichts für einen Durchschnittseinbrecher.« Sherlock Hausmann legte den Zeigefinger an seine Knubbelnase. »Das heißt, wir haben es entweder mit einem Auftraggeber zu tun, der ganz genau weiß, was er haben will. Oder die Einbrecher selbst verstehen etwas von Kunst. Interessanterweise haben auch die anderen Personen auf dieser Liste eine Vorliebe für Kunstgegenstände.« Hausmann setzte sich wieder auf seinen Stuhl hinter dem Schreibtisch. »Jetzt seid ihr dran. Wie kriegen wir die Diebe?«

Alisa schmunzelte. Das war typisch Hausmann: Er untersuchte einen Fall nur noch so weit, wie er es von seinem Schreibtisch aus konnte. Den Rest überließ er anderen.

»Was sagt denn die Polizei dazu?«, fragte Henry.

»Stimmt, das habe ich ganz vergessen«, antwortete der Detektiv. »Schlechte Neuigkeiten: Mein Freund, der bei der Polizei arbeitet, ist versetzt worden. Ihr müsst wohl oder übel auf eigene Faust Nachforschungen anstellen. Übrigens wurde sowohl im Hause Luhns als auch bei Dauer inzwischen gründlich geputzt. Die Spurensuche vor Ort könnt ihr euch also sparen.«

Alisa kniff die Augen zusammen und musterte Sherlock Hausmann. Fast kam es ihr so vor, als würde sich der alte Mann darüber freuen, dass dieser Fall schwieriger wurde, als sie zunächst gedacht hatten.

»Und jetzt?«, fragte Larry.

»Wir suchen nach Zeugen«, schlug Alisa vor. »Vielleicht ist den Nachbarn ja etwas aufgefallen.«

Henry stöhnte. »Das heißt, dass wir uns die Hacken ablaufen müssen?«

Hausmann nickte. »Sieht ganz so aus. Detektivarbeit ist eben kein Picknick. – Wollt ihr euch die Namensliste und die Adressen der Leute abschreiben?«

Henriette schaute noch einmal auf den Zettel an der Wand, nickte kurz und sagte: »Alles klar, die paar Namen merk ich mir so.«

Hausmann runzelte die Stirn. »Mach keine Witze, Henriette!«

Alisa stand auf. »Henry macht keine Witze. Sie hat ein fotografisches Gedächtnis, wussten Sie das nicht?«

Henry stand schon vor der Tür, als Hase plötzlich von oben auf ihren Kopf zusprang, sie beinahe verfehlte und sich an ihrem Stirnband festkrallte. »Puh, den hätte ich fast vergessen!« Sie reichte das Tier an Larry weiter, der den maunzenden Kater in einer der vielen Innentaschen seines Mantels verstaute.

»Moment, eins noch«, sagte Hausmann. »Wenn wir es hier wirklich mit Profis zu tun haben, dann könnten die Täter ziemlich skrupellos sein!« Er wedelte mit dem Zeigefinger in der Luft herum. »Also, seid bitte extrem vorsichtig! Ich möchte nicht, dass ich am Ende nicht nur nach Kunst, sondern auch noch nach verschwundenen Kindern suchen muss! Verstanden?«

4. Kapitel

Sie mich auch mal!« Larry schaltete das Telefon aus und tat, als wolle er es an die Wand schmeißen, pfefferte es dann aber doch nur auf sein Bett unter der Dachschräge.

So wütend hatte Alisa ihren Bruder schon lange nicht mehr gesehen.

»Unverschämtheit!« Er strich einen Namen auf der Liste, die vor ihm auf dem Tisch lag, durch. »Diese Umbaupreise sind gigantisch! Weißt du, was ein Doppelglasfenster kosten würde?«

Alisa machte den Mund auf. Aber Larry wartete ihre Antwort gar nicht erst ab. »Zu viel! Und Fußbodenheizung? Gleich zweimal zu viel! Und ein beheizbares Katzenklo gibt es nicht. Das wäre eine Spezialanfertigung. Den ganzen Ausbau der Hundehütte können wir vergessen!« Er ließ den Kopf hängen.

Alisa setzte sich neben die Zimmerpalme auf den Boden und lehnte sich mit dem Rücken an die Heizung. Sie öffnete ihren Pferdeschwanz, strich die blonden Haare streng nach hinten und band den Pferdeschwanz neu. Das war nicht ihr Tag. Und Larrys Tag war es auch nicht. Die Befragung der Nachbarn von Dauer hatte überhaupt nichts ergeben. Eine Nachbarin hatte die Gräfin von Brachte vor dem Haus von Dauer gesehen, konnte sich aber nicht mehr an die Uhrzeit erinnern. Das war auch schon alles gewesen. Und da die Gräfin nun mal zur Tatzeit nicht vor dem Haus von Dauer, sondern im Spielklub gewesen war, war das noch nicht einmal die Spur zu einer Spur. Sie tappten völlig im Dunkeln.

»Eigentlich wollte ich Hase auch noch Beleuchtung in die Hütte einbauen. Er hat nämlich manchmal Angst im Dunkeln, glaube ich«, sagte Larry. »Aber das kann ich wohl auch vergessen.«

Es klopfte dreimal kurz.

»Komm rein, Henry!«, rief Larry.

Aber das Mädchen, das Larrys Dachzimmer betrat, sah nicht aus wie Henriette Scheller: Die schwarzen Haare waren zu einem Dutt aufgesteckt und das Stirnband war verschwunden. Vor allem aber stimmte etwas mit der Kleidung nicht: Statt ihrer abgewetzten Jeans trug Henry einen Faltenrock, der bestimmt ihrer Uroma gehört hatte, dazu eine Bluse mit Spitzenkragen in einem fürchterlichen Altrosa.

»Wie siehst du denn aus?«, entfuhr es Alisa.

Und auch Larry fragte: »Ist bei dir 'ne Sicherung durchgebrannt, oder so?«

»Quatsch, das ist meine Tarnung.« Henry setzte sich im Schneidersitz auf Larrys Bett, sah von Larry zu Alisa und sagte: »Die Befragung bei Luhns hat nichts ergeben. Keine Spur, kein Garnichts. Wenn ihr mich fragt, müssen wir mehr über diese Doppelkopfspieler rauskriegen.«

Alisa zuckte mit den Schultern. Das war vielleicht keine schlechte Idee, allerdings gab es da ein dickes Problem. »Wenn wir Tante Adele sagen, dass wir ihre Spielgefährten befragen wollen, schmeißt sie uns hochkant aus dem Hotel. Und wenn wir ihr sagen, dass wir die Helfer sind, von denen Sherlock Hausmann gesprochen hat, dann entzieht sie ihm den Auftrag. Jede Wette.«

Henry lächelte. »Deshalb müssen wir verdeckt ermitteln.« Sie zupfte an ihrem Faltenrock herum. »Ich habe Tante Adele erzählt, dass ich etwas damenhafter werden möchte«, flötete sie und klimperte dabei mit ihren Wimpern. Alisa und Larry mussten grinsen. »Und dazu gehören natürlich auch das Doppelkopfspielen und die Benimmregeln in so einer feinen Gesellschaft wie der von Tante Adeles Klub.«

»Und darauf hat sich Tante Adele eingelassen?«, fragte Larry.

Henriette lachte. »Ja, glaubt ihr etwa, ich würde diese fürchterlichen Klamotten noch tragen, wenn sie nicht ›Ja‹ gesagt hätte? In einer halben Stunde beginnt der erste Doppelkopfabend meines Lebens!«

Alisa nickte anerkennend. Das war zumindest eine gute Gelegenheit, möglichst viel über die Lebensgewohnheiten der Opfer herauszufinden, ohne dass Tante Adele etwas dagegen einwenden konnte. Und dass Henriette es freiwillig auf sich nehmen wollte, mit den Freunden von Tante Adele einen Abend zu verbringen, hätte sie auch nicht gedacht. »Prima! Da nimmst du ja einiges auf dich, Henry!«

Henry grinste. »Du aber auch, Alisa!«

»Was?«

»Äh, ich habe Tante Adele gesagt, dass du auch etwas damenhafter werden möchtest.«

Larry kicherte.

Alisa legte den Kopf schief. Sie hatte sich verhört, oder? »Moment, Henry, hast du etwa gesagt, dass ich mit zu diesem stinklangweiligen Doppelkopfabend will?«

Henry nickte, zuckte entschuldigend mit den Schultern und meinte: »Vier Ohren hören mehr als zwei, oder?«

Alisa verdrehte die Augen.

»Die Sache hat nur einen Haken«, sagte Henriette.

»*Noch* einen?«, fragte Alisa.

»Allerdings. Du musst dein Aussehen ein bisschen damenhafter gestalten.« Henry warf einen Blick auf die Uhr. »Und zwar sofort!«

Alisa traute ihren Ohren kaum. Meinte Henry etwa,

dass sie sich freiwillig in Oma-Klamotten hüllen würde? Und während Larry einen Lachkrampf bekam, kapierte Alisa endlich, dass Henry genau das meinte. Und sie war fest entschlossen. Jede Widerrede war zwecklos.

Alisa hasste Röcke. Und sie hasste Strumpfhosen. Und am Donnerstagabend stellte sie fest, dass sie auch Doppelkopf hasste. Sie verstand überhaupt nichts. Henry mit ihrem Spitzengedächtnis hatte da einen Vorteil. Sie merkte sich genau, welche Karte wann von wem gespielt worden war und konnte schon bald gut mitmachen. Alles in allem sah es doch eher nach einer Schnapsidee von Henry aus, sich in den Doppelkopfklub zu schmuggeln. Da saßen sie nun im Hinterstübchen des Hotels, diesem fünfeckigen Raum, dessen große Fenster von schweren Samtvorhängen gesäumt wurden, in ihren albernen Verkleidungen und kamen nicht weiter. Henry wurde immer besser im Spiel. Alisa wurde immer wütender. Von Minute zu Minute fühlte sie sich mieser. Und dass Harald, der Kellner, sie bediente, fand sie plötzlich auch sehr merkwürdig. Schließlich kannte sie den Mann doch. Harald und seine Freundin Claudia, die auch im Hotel arbeitete, waren schon einmal zum Grillen im Garten der Villa gewesen. Außerdem hatte Harald erst kürzlich den Rasenmäher der Kinder repariert. Und nun brachte derselbe Harald ihr eine

Apfelsaftschorle nach der anderen und tat so, als hätten sie noch nie miteinander zu tun gehabt.

Und dann auch noch das Geschwafel dieser alten Damen und Herren! Der einzige Vorteil an Henrys Plan war, dass sie an diesem Abend einen Überblick darüber bekamen, was die Klubmitglieder zu Hause an Kunstgegenständen herumstehen hatten. Denn über nichts schienen die Herrschaften so gern zu reden wie über ihren Besitz.

»Soll ich meine expressionistischen Skulpturen jetzt doch ins Museumsdepot geben?«, fragte Frau Rode mit den gigantischen Tränensäcken in die Runde. »Ich meine, dafür habe ich sie ja nicht gekauft, dass ich sie jetzt doch einfach abgebe.«

»Aber Sie haben diese Schätze ja auch nicht gekauft, um sie sich stehlen zu lassen«, gab Herr Luhns zur Antwort.

»Wer klaut schon so eine verbogene Säule?«, fragte Herr Dauer etwas bitter.

»Es ist eine Rose! Und es ist ein Original, Herr Dauer! Aber was rege ich mich auf. Bei Ihnen hört der Kunstverstand doch im neunzehnten Jahrhundert auf!«, gab Tränensack-Rode ein bisschen zickig zurück.

»Ich habe ein neues Alarmsystem bestellt«, sagte Frau Wolff. »Aber bis das installiert ist, gehen natürlich noch ein paar Wochen ins Land. Allerdings kommt bei mir dann niemand mehr unerkannt ins Haus, das hat mir der Verkäufer garantiert!« Sie spielte eine Karte aus. »Ist doch fürchterlich, diese Angst, ob nun etwas passiert oder nicht.«

»Was machen Sie denn mit dem Picasso, Herr von Stein?« Die Gräfin von Brachte zupfte nervös an ihren Ohrringen herum.

Herr von Stein lächelte. »Bei mir bricht niemand ein. Wozu habe ich eine Alarmanlage?«

Schon nach einer halben Stunde musste Alisa das erste Mal gähnen. Aber da wurde das Spiel an beiden Tischen unterbrochen. Die Gräfin von Brachte verließ den Raum, während sich Frau Rode mit den Herren Luhns und Dauer zum Rauchen auf den Balkon zurückzog.

»Nun, wie gefällt es euch?«, fragte Tante Adele.

»Gut«, log Alisa. »Doppelkopf ist kompliziert, aber ich schaue Henriette einfach noch ein wenig über die Schulter.«

»Wo ist denn die Gräfin hingegangen?«, fragte Henriette.

Frau Wolff, die in einem goldenen Hosenanzug steckte, setzte sich zu ihnen an den Tisch und lächelte. »Die Gräfin geht auf die Toilette. Da könnte man die Uhr nach stellen: Wenn wir eine halbe Stunde gespielt haben, muss die Gräfin mal.« Sie beugte sich weiter über den Tisch und flüsterte. »Die hat so ihre Marotten.«

Alisa musste sich unter dem Tisch kneifen, um nicht zu schreien. Diese Frau Wolff hatte ja wohl selbst auch so ihre Marotten – sie hatte auf jeden Fall eine Kleider-Marotte. Denn dieser goldene Hosenanzug, in den sie ihren Körper gequetscht hatte, stand ihr ungefähr so gut wie einem Elefanten eine lange Unterhose.

»Eleonore!«, ermahnte Tante Adele die goldene Frau Wolff. »So spricht man aber nicht über eine gute Freundin!«

»Ja, ja, ich weiß, der Anstand. Aber sag doch mal selbst: Jeden Abend, an dem wir hier spielen, besucht die Gräfin vor ihrer Toiletten-Tour das Personal in der Küche und wünscht einen Guten Abend. Jede Woche! Seit fünfzehn Jahren! Die lachen sich kaputt über sie! Oder, Harald?«

Aber der Kellner schwieg eisern. In der Öffentlichkeit würde Harald niemals schlecht über einen Gast des Hotels sprechen, da war sich Alisa ziemlich sicher.

»Ach, sie hat es auch schwer.« Tante Adele nestelte in ihrer Handtasche herum.

Frau Wolff nickte bedeutungsschwer. »Vor einem Jahr ist ihre Zwillingsschwester gestorben. In Südamerika war das. Es war ein Drama. Und die Gräfin konnte noch nicht einmal zur Beerdigung fliegen. Hatte ihr der Arzt verboten.« Frau Wolff sah vor sich auf den Tisch. »Seitdem hat sie eine noch größere Macke.«

»Eleonore!«

»Ist doch wahr! Sie ist launisch geworden, seit ihre Schwester Margarete tot ist. Das ist doch nicht normal: Morgens telefoniere ich mit ihr. Da ist sie fröhlich und freundlich wie immer. Dann sehe ich sie am Nachmittag zufällig in der Stadt, und da ist sie plötzlich missmutig und tut so, als würden wir uns nicht kennen!«

»Der Schmerz sitzt eben sehr tief!« Tante Adele nahm ihre große Brille ab und putzte sie mit einem Spitzentüchlein, das sie in der Handtasche gefunden hatte.

»Aber das ist doch für unsere jungen Damen hier völlig uninteressant«, schaltete sich plötzlich Herr von Stein ein. »In welche Klasse gehen Sie denn, wenn ich fragen darf?«

Alisa fühlte sich erst gar nicht angesprochen. Schließlich hatte sie noch nie jemand gesiezt. Aber der alte Mann lächelte sie an. Also musste er tatsächlich sie gemeint haben.

»In die fünfte«, sagte sie.

»Ach, schon in die Quinta, wie schön, wie schön«, sagte Herr von Stein.

»Nein, die Sexta, es ist die Sexta«, verbesserte Tante Adele. »Die Zählung von heute ist eine ganz andere.«

»Ja, lernen Sie denn schon Latein und Griechisch?«, fragte Herr von Stein weiter.

Alisa runzelte die Stirn. Latein konnte man an ihrer Schule frühestens ab der siebten Klasse nehmen, aber die meisten wählten sowieso Französisch. Und Griechisch wurde gar nicht unterrichtet.

»Äh, nein, wir haben Englisch«, sagte sie tapfer.

»Wie? Ihr seid am Gymnasium und lernt nicht als erste Sprache Latein?«, fragte Herr von Stein verwundert.

»Es ist eine Gesamtschule«, sagte Henriette.

»Aber Latein ist doch die Basis. Besser noch das Griechische!« Herr Stein ließ sich anscheinend so leicht von keiner Gesamtschule aus dem Konzept bringen.

»He, quäl die Mädchen nicht mit Tacitus!«, rief Herr Luhns quer durch das Hinterstübchen. »Misch lieber die Karten und dann geht's weiter!«

Alisa atmete auf. Endlich erschien auch die Gräfin von Brachte wieder im Türrahmen. Allerdings war ihr Gesicht kreidebleich, sie hielt ihr Handy in der Hand und starrte über die Köpfe der anderen hinweg ins Leere.

»Gräfin, ist alles in Ordnung?«, fragte Frau Wolff.

Die Gräfin schüttelte nur kurz den Kopf. »Nein, nichts ist in Ordnung. Entschuldigen Sie mich, meine Damen, meine Herren. Ich muss sofort nach Hause.«

»Ist Ihnen nicht wohl?« Tante Adele stand auf und eilte zur Gräfin. Aber die schüttelte wiederum den Kopf und sagte: »Richten Sie bitte dem Hoteldetektiv aus, dass sein

Trick fehlgeschlagen ist.« Sie schnaufte schwer durch die gräfliche Nase. »Die Polizei hat mich soeben angerufen. Es ist eingebrochen worden.« Gräfin von Brachte taumelte und fügte hinzu: »Bei mir.«

5. Kapitel

Alisa konnte nicht schlafen. Sie lag in ihrem dunklen Zimmer und starrte auf die Dachschräge über sich. Die Dachschräge war leer, schummrig und leer. Genauso fühlte sich Alisas Kopf an. Schummrig, leer und ein bisschen schräg. Sie hatte keine Ahnung, wie sie weitermachen sollten. Was konnten sie tun? Noch am Abend hatte sie mit Sherlock Hausmann telefoniert. Es war bei der Gräfin von Brachte genauso gewesen wie bei den anderen: Die Diebe waren durch die Hintertür eingestiegen, hatten wertvolle Teppiche, einige Kunstgegenstände und eine große Sammlung alter Münzen mitgenommen. Und kein Nachbar hat etwas gesehen oder gehört.

Alisa drehte sich auf die Seite und schloss die Augen. Aber sie konnte nicht einschlafen. Sie hörte, wie ein Auto auf den Kies der Einfahrt rollte, drehte sich um und sah auf ihren Wecker. Es war halb zwölf – das musste ihre

Mutter sein. Wenn Mona erst jetzt nach Hause kam, dann hieß das, dass sie einen schwierigen Fall bearbeitete. Und das hieß, dass sie morgen zum Frühstück vermutlich schon wieder weg sein würde.

»Du arbeitest zu viel«, flüsterte Alisa und schloss die Augen wieder.

»Das kannst du laut sagen«, antwortete plötzlich eine Stimme.

»Larry!« Alisa schreckte hoch. »Du hast mich total erschreckt!«

»Sorry«, murmelte der Junge. »Ich kann nicht schlafen. Dieser Fall von Hausmann ist eine Nummer zu groß für uns, oder?«

»Quatsch.« Alisa schaltete ihr Nachttischlämpchen ein und lehnte sich mit dem Rücken an die Wand.

»Aber wir tappen im Dunkeln.« Larry setzte sich rechts neben sie auf ihr Bett und steckte seine Füße unter die Decke.

Alisa sah, wie ihre Türklinke heruntergedrückt wurde. Henriette steckte den Kopf ins Zimmer und flüsterte: »Also, wenn hier jemand im Dunkeln tappt, dann bin ich das.« Sie kam zu ihnen herübergestolpert und kroch links von Alisa unter die Bettdecke.

Alisa seufzte. Da saßen sie nun in ihrem Bett. Drei Hobbydetektive, die keinen Plan hatten, wie sie die Diebe finden sollten, die vor ihren Augen die Häuser ausräumten.

»Wenn wir wüssten, wer als Nächstes drankommt, könnten wir uns einfach auf die Lauer legen«, sagte Larry.

»Das ist ja gerade das Problem!«, sagte Henriette. »Aber wer soll uns das verraten? Die Täter vielleicht?«

Alisa kratzte sich am Hinterkopf. »Die Täter haben mitgekriegt, dass das Doppelkopfspiel verschoben wurde.«

»So viel ist sicher«, sagte Henry.

»Das bedeutet, dass irgendjemand den Tätern gesagt haben muss, dass das Doppelkopfspiel verschoben wurde.«

Henry und Larry nickten. »Das klingt logisch.«

»Also muss jemand, der zum Klub gehört, mit den Tätern in Verbindung stehen«, schloss Alisa.

»Meinst du, die beklauen sich gegenseitig?«, fragte Larry.

Alisa wiegte den Kopf hin und her. »Erste Regel von Hausmann: Alles ist möglich. Also auch, dass sich die Klubmitglieder gegenseitig bestehlen.«

»Aber das macht keinen Sinn: Die sind nicht nur befreundet, die sind auch noch steinreich«, gab Henry zu bedenken. »Du hast doch gehört, was sie erzählt haben: Jeder von den Damen und Herren hat so viele Kunstgegenstände zu Hause herumstehen, dass man damit ein kleines Museum bestücken könnte.«

Alisa nickte. »Es gibt zwei Möglichkeiten. Entweder wurde jemand belauscht oder ein Klubmitglied hat sich versehentlich verplappert.«

»Glaubst du wirklich, dass die so was rumerzählen?«, fragte Larry.

Aber Henry kicherte nur, nickte und sagte: »Du hast sie nicht erlebt, Larry. Diese Damen und Herren aus dem Klub sind alles Tratschtanten und Tratschonkels der Extraklasse. Wenn man es geschickt anstellt, erzählen die einem alles! Von ihrem Lateinunterricht über ihre Kunstgegenstände bis zu ihren Doppelkopfterminen. Die können nichts für sich behalten.«

»Die andere Möglichkeit ist, dass der Klub belauscht wird«, überlegte Alisa weiter.

Larry schüttelte den Kopf. »Das wäre ganz schön aufwändig, oder? Wäre es da nicht einfacher, einen Strohmann in den Klub einzuschleusen?«

»Ich weiß nicht«, murmelte Alisa. »Sicher ist jedenfalls, dass außer uns, Sherlock Hausmann und Konni nur die Damen und Herren vom Klub den neuen Termin kannten.«

»Und Harald«, sagte Henriette.

Alisa nickte. »Und Harald.«

Larry gähnte. »Ich glaube nicht, dass Harald etwas damit zu tun hat.«

Henriette zuckte mit den Schultern. Auch für Alisa war

überhaupt nichts mehr klar. Sicher war nur, dass es irgendeine geheime Verbindung des Doppelkopfklubs zu den Tätern geben musste.

»Mit Speck fängt man Mäuse«, murmelte sie.

»Soll heißen?«

»Soll heißen: Wir stellen den Tätern eine Falle und legen uns auf die Lauer. Und zwar in zwei Wochen.« Alisa zögerte, überlegte noch einmal kurz, aber dann sagte sie entschlossen: »Larry, meinst du, du könntest so eine Art Alarmanlage bauen, die an Sherlock Hausmann ein Signal sendet, wenn bei Tante Adele im Haus zum Beispiel der Putzschrank geöffnet wird?«

Larry gähnte. »Das ist kein Problem. Aber warum sollten die Einbrecher Tante Adeles Putzschrank öffnen?«

Alisa grinste. »Weil sie darin eine Alarmanlage vermuten.«

»Aber Tante Adeles Haus hat keine Alarmanlage«, sagte Henriette.

»Das ist doch egal. Hauptsache, die Täter glauben, dass es eine Alarmanlage gibt, die sie im Putzschrank ausschalten müssen.«

»Aber warum sollten die Täter das glauben?«, fragte Henriette.

»Weil wir es ihnen sagen.« Alisa spürte, dass Larrys Kopf langsam auf ihre linke Schulter rutschte.

»Wie? Wir sagen es den Tätern? Wie stellst du dir das vor, Alisa? Willst du etwa bei denen anrufen und sagen: Guten Tag, hier spricht Alisa Markowsky, ich habe gehört, dass Sie Einbrüche planen – wie wäre es, wenn Sie am nächsten Freitag mal das Haus von Tante Adele ausrauben?«

Alisa nickte. »So ähnlich, Henry. Nur, dass nicht ich das übernehme, sondern du!«

Henry rückte von der Wand ab und streckte sich in Alisas Bett aus. »Mensch, Alisa, schlaf dich erst mal aus. Und wenn du wieder aufwachst, dann wirst du deinen schönen Plan bestimmt begraben. Die Sache hat nämlich einen dicken, fetten Haken.«

Alisa stupste Larry in die Seite. Ihr Bruder wachte nicht richtig auf, murmelte etwas, das nach »Sandmännchen« klang, und ließ sich einfach auf die Seite ins Bett fallen. Alisa legte sich in die Mitte zwischen Henriette und Larry und zog die Decke über sich und ihre Geschwister. »Einen Haken, sagst du, ja? Und der wäre?«

»Wir haben die Telefonnummer der Täter nicht.«

»Das stimmt. Deshalb kannst du es ihnen nicht am Telefon sagen, sondern irgendwie anders.« Alisa schaltete das Licht aus und schlief endlich ein.

6. Kapitel

Da müssen mehr Eier rein!«, rief Mathilda.

Alisa hörte gar nicht hin. Sie stand in der Küche, ließ die Küchenmaschine auf Hochtouren den Pfannkuchenteig kneten und war in Gedanken den Verbrechern auf der Spur. Es war Dienstagabend, und Henriette war gerade dabei, im Doppelkopfklub den Köder in die Falle zu legen.

Mathilda lief zum Kühlschrank und holte den Eierkarton. Und der kleine Benjamin kletterte auf die Arbeitsplatte, betrachtete das wilde Treiben der Maschine und rief: »Fünf Eiers dazu! Fünf oder sogar zwei!« Er sah Alisa mit großen Augen an und sagte ernst: »Nein, zwei Eiers dazu, das ist zu viel. Wir machen lieber nur fünf! Oder?«

Alisa holte drei Pfannen aus dem Schrank. Die Falle war gut. Sie war sogar sehr gut. Hoffentlich funktionierte sie auch – immerhin hatte Larry am Wochenende den wichtigsten Teil der Falle konstruiert. Und auf Larrys

Konstruktionen war ebenso wenig Verlass wie auf seine Zaubertricks. Das Beste an Alisas Plan war, dass selbst Tante Adele nicht ahnte, dass es eine Falle war: Sherlock Hausmann hatte gestern die Schein-Alarmanlage mit Larry in Tante Adeles Putzschrank eingebaut und der Dame eingeschärft, dass sie innerhalb einer Minute unbedingt auf den roten Knopf drücken müsse, wenn sie nach Hause käme. Ansonsten würde der Alarm ausgelöst und die Polizei stünde vor der Tür. Tatsächlich hatte Larrys Apparat nur eine einzige Funktion: Sobald die Tür zum Putzschrank geöffnet wurde, funkte diese Anlage ein Signal an Sherlock Hausmann, damit der die Polizei rufen konnte. Jetzt hatte Henriette nur noch die Aufgabe, den Doppelkopfklub von dieser Anlage, ihrem Ort und ihrer angeblichen Funktionsweise zu unterrichten. Und den roten Knopf, den durfte Henriette natürlich nicht vergessen – falls Tante Adele nicht selbst von ihm berichten würde … Alisa schmunzelte.

»Alisa, ich schmeiß die Eier rein!« Mathilda kletterte zu Benjamin auf die Arbeitsplatte, öffnete den Eierkarton und hatte schon ein Ei in der Hand, als Alisa rief:

»Nein, Mathilda, tu's nicht!«

Aber inzwischen hatte auch Benjamin ein Ei aus dem Karton geangelt und hielt es ungeschickt in beiden Händen. Er strahlte Alisa an und sagte: »Eiers gehen leicht putt!« Und ehe Alisa es sich versah, pfefferte Benjamin das Ei auf den Küchenboden. Mit gespieltem Entsetzen schlug er die Hände vor den Mund und murmelte kopfschüttelnd: »Oje, oje! Futschikato. Neues Ei.«

Und auch Mathilda ließ ihr Ei höchst elegant und mit voller Absicht auf den Boden fallen.

»Hoppla! Jetzt ist mir das Ei entwischt.« Sie grinste.

Benjamin lachte, guckte auf die zwei Eier auf dem Boden und wiederholte: »Futschikato. Neues Ei!« Und er machte sich daran, das nächste Ei aus der Packung zu grapschen.

»Ihr spinnt wohl!«, rief Alisa und nahm den Minis den Eierkarton weg. »Im Teig sind genug Eier und auf dem Boden auch!« Sie deutete auf den Putzschrank. »Und die Sauerei macht ihr selbst weg!«

Mathilda verdrehte die Augen.

Und Benjamin schüttelte energisch den Kopf. »Polly putzt!«

Alisa musste ein Grinsen unterdrücken. Was sie im Hausrat verabredeten, das merkte sich Benjamin immer – zumindest welche Dienste die anderen übernommen hatten. Und mit dem Putzen war tatsächlich gerade Polly an der Reihe. »Ihr glaubt ja wohl nicht im Ernst, dass Polly die Sauerei wegmacht, die ihr mit Absicht veranstaltet!«

Aber da war das Fett in den drei Pfannen schon heiß und Alisa hatte keine Zeit mehr, sich weiter um die Minis zu kümmern. Denn nun vollbrachte sie ihr Ober-Spezial-Wunder: Sie buk in drei Pfannen gleichzeitig Pfannkuchen für die ganze Familie.

Das nächste Doppelkopftreffen würde am Freitag in einer Woche stattfinden, das hatte der Klub schon ausgemacht, und das passte Alisa ausgesprochen gut. Da würden sie sich in aller Ruhe auf die Lauer legen. Und damit die Einbrecher auch wirklich an diesem Freitag bei Tante Adele einsteigen würden, hatte Sherlock Hausmann sie dazu überredet, am darauf folgenden Samstag ihren gesamten Kunstschatz beim Museum einschließen zu lassen. Den Sicherheitschef dort kannte er noch von früher, als sie zusammen auf die Polizeischule gegangen waren. Der würde Tante Adeles Sammlung auch am Wochenende entgegennehmen, meinte Hausmann.

»Was ist denn hier passiert?« Tom blieb im Küchentürrahmen stehen. »Brauchst du Hilfe, Alisa?«

»Klar, immer!«, rief sie. »Du könntest eine Pfanne übernehmen.« Sie goss Teig in eine Pfanne, legte die Kelle rasch beiseite und wendete einen zweiten Pfannkuchen, während es in der dritten Pfanne schon bedenklich qualmte.

»Könnte es sein, dass dir zwei Eier danebengegangen sind?« Tom übernahm die qualmende Pfanne.

»Den Boden müssen die Minis putzen.« Alisa sah sich um. Mathilda und Benjamin hatten sich plötzlich in Luft aufgelöst. »Na wartet, meine Lieben, so haben wir nicht gewettet«, knurrte Alisa. Sie überließ dem verdutzten Tom für einen Moment die drei Bratpfannen und marschierte in den Keller, wo sie Mathilda und Benjamin tatsächlich vor dem Fernseher erwischte.

»Nichts da, ihr Rotzlöffel! Ihr macht erst eure Sauerei weg, dann könnt ihr von mir aus glotzen!«

Mathilda verdrehte die Augen und krakeelte, dass Polly mit Putzen dran sei. Aber als Alisa damit drohte, im Hausrat ein absolutes Fernsehverbot für Eierschmeißer zu beantragen, bequemte sie sich, gefolgt von Benjamin, in die Küche.

»Ei, Ei, Sauerei!«, flötete Benjamin, als sie wenig später versuchten, die zwei Eigelb und das Eiweiß mit sehr viel Küchenpapier einzufangen. Irgendwie wurde durch die Putzversuche der Minis die Schweinerei auf dem Küchenboden eher größer als kleiner.

Alisa hatte gerade die letzten Pfannkuchen gebacken, als Henriette in die Küche geschneit kam. Sie trug noch ihr Doppelkopfkostüm: Dutt, Bluse und Rock.

Tom betrachtete seine kleine Schwester und fragte: »Henriette, geht's dir gut? Du siehst ja furchtbar aus! Brauchst du einen Arzt, oder so?«

Aber Henry schüttelte lachend den Kopf, zwinkerte Alisa zu und sagte: »Bei mir ist alles paletti.«

Alisa hätte Luftsprünge machen können, als sie die große Platte mit Pfannkuchen aus dem Backofen holte. Es war alles bereit. Jetzt mussten sie nur noch auf den Freitag warten und sich auf die Lauer legen.

7. Kapitel

Der Freitagabend war kalt.

Alisa zog den Schal etwas fester um den Hals und schlug die Kapuze tiefer ins Gesicht. Es regnete nicht richtig. Es war nur so ein feines, fieses Nieseln, das ihr direkt unter die Fingernägel kroch. Henriette hatte es gut. Die saß in ihrem warmen Klub. Und Larry schien das Wetter nichts auszumachen. Er marschierte mit seinem schleppenden Gang durch die Pfützen, hatte den Kragen seines zu großen Mantels hochgeschlagen und brauchte noch nicht mal einen Schirm oder eine Kapuze.

»Kalt, oder?«, murmelte Alisa.

»Nicht die Bohne«, gab Larry zur Antwort. Er öffnete den Kragen des Mantels ein bisschen, sodass Alisa einen Blick hineinwerfen konnte. »Ich habe meine lebende Wärmflasche dabei.«

Hase grinste ihr aus dem Innern des Mantels entgegen.

»Meinst du, es ist klug, Hase mitzunehmen?« Alisa fürchtete, dass der Kater mal wieder im falschen Moment losmiauen und so die Einbrecher warnen könnte.

Aber Larry schien sich seiner Sache sicher zu sein. »Ich mache einen Spürkater aus ihm. Der Einsatz heute wird sein erstes Training.«

Sie erreichten die Ecke zur Amalienstraße, in der Tante Adeles Haus stand. Alisa blieb stehen und beobachtete die Straße. Die Laternen beleuchteten die Bürgersteige und die Straße nur schwach. Es war niemand zu sehen.

»Es ist wohl besser, wenn einer von uns hintenrum reingeht«, schlug Alisa vor.

Larry machte große Augen und sah nicht gerade begeistert aus. »Wir haben den Haustürschlüssel, Alisa, wir können einfach reinspazieren. Was willst du denn hinter dem Haus?«

»Ich will nur rasch nachsehen, ob da hinten schon jemand wartet. Könnte doch sein, oder?« Sie zog ihren Pferdeschwanz unter der Kapuze fester und sagte: »Außerdem seid ihr zu zweit: du und deine lebende Wärmflasche.« Sie machte auf dem Absatz kehrt und sprintete einmal um den Block. Sie lief eine Seitenstraße hinunter, bis sie zu einem Gartentor kam, das sie überspringen konnte. Sie stand nun im Garten von Tante Adele. Und dieser Garten war ziemlich finster. Das Haus lag verlassen und dunkel da. Die Rollläden waren heruntergelassen. Alisa huschte hinter einen Baum und beobachtete eine Weile den Garten, die Seitenstraße und das Haus. Aber es rührte sich nichts. Die Einbrecher waren anscheinend noch nicht da.

Sie rannte über die Wiese auf das Haus zu und rutschte auf den mit Moos bewachsenen Steinplatten vor dem Wohnzimmerfenster fast aus. Vorsichtig schlich sie um die Ecke bis zur Haustür. Sie klopfte leise. Larry öffnete ihr, zog sie herein und sagte: »Es ist noch niemand hier, die Anlage ist noch unberührt.«

Larry schaltete seine Taschenlampe ein. »Komm mit, ich zeig dir mal mein Schmuckstück.«

Sie gingen vom Flur rechts in die Küche. Von dort führte ein schmaler Dienstbotengang ins Esszimmer. Larry lief in den Gang und öffnete einen Wandschrank, in dem Tante Adele ihre Putzsachen verwahrte. Er leuchtete auf ein Gewirr aus Kabeln und Leuchtdioden. Mittendrin wartete ein roter Schalter darauf, gedrückt zu werden. »Das ist meine Alarmanlage«, sagte Larry.

Die Apparatur sah aus wie eine selbst gebastelte Zeitbombe, fand Alisa. Aber sie hatte keine Ahnung, wie echte Alarmanlagen aussahen – Hauptsache, die Einbrecher sind beeindruckt, dachte sie.

»Das hier ist die Fotozelle: Sobald die Licht kriegt, schießt die Kamera da oben ein Bild.« Er deutete auf einen versteckten Fotoapparat, von dem nur die Linse zu ihnen heruntergucktе. »Gleichzeitig geht bei Sherlock Hausmann die Warnlampe an.«

»Also zum Beispiel jetzt«, sagte Alisa.

»Genau!« Larry schloss die Schranktür wieder. »Wir müssen nur schnell bei Hausmann Bescheid geben, dass es Fehlalarm war. Sonst ruft er die Polizei an!« Larry lief zum Telefonapparat, der in der Küche an der Wand hing.

Alisa versteckte sich hinter einem Vorhang. Sie bohrte ein kleines Loch in den Stoff, durch das sie den Dienstbotengang beobachten konnte, ohne selbst gesehen zu werden. Larry legte auf und versteckte sich hinter der offenen Esszimmertür. Von dort aus sah er durch den Spalt zwischen Tür und Türrahmen auf den Schrank.

Die Einbrecher ließen auf sich warten.

»Ich muss mal«, flüsterte Larry.

Aber genau in diesem Augenblick hörte Alisa ein Rumpeln aus dem Keller. »Psst, es geht los!«, flüsterte sie.

Und dann ging alles rasend schnell: Der Lichtkegel einer Taschenlampe huschte durch die Küche. Jemand rannte in den Gang und riss die Tür zum Putzschrank auf.

Alisa hätte sich schwarz ärgern können: Sie sah die Person nur schemenhaft von hinten. Und sie war ganz und gar dunkel gekleidet. Immerhin konnte sie im Lichtschein der Taschenlampe erkennen, was der Einbrecher tat: Er

riss ein Kabel aus Larrys Anlage. Dann streckte er seine Hand aus und schnappte sich zielsicher die Kamera.

Alisa nahm ihren Mut zusammen, sprang aus ihrem Versteck und rief: »Halt, stehen bleiben! Polizei!«

Aber der Einbrecher schubste sie aus dem Weg und flüchtete durch die Küche ins Dunkel des Hauses.

»Hinterher!«, rief Alisa und schaltete das Licht in der Küche, im Flur und im Wohnzimmer ein. Aber vom Einbrecher fehlte jede Spur.

Sie wollte gerade in die obere Etage gehen, als plötzlich das Licht im ganzen Haus ausging.

»Oh nein!«, hörte sie Larry stöhnen.

»Nur die Ruhe«, flüsterte Alisa. »Jetzt wissen wir wenigstens, wo der Kerl steckt: am Sicherungskasten.«

»Der Einbrecher ist mir egal«, gab Larry zurück. »Hase ist entwischt!«

»Den suchen wir später!« Alisa machte einen Schritt auf die Stelle zu, an der sie Larry vermutete, und flüsterte: »Lass deine Taschenlampe aus. Wir hocken uns vor die Treppe und warten, bis der Kerl kommt.«

Larry antwortete nicht. Das ganze Haus war stockfinster. Nicht mal durch die oberen Ritzen der Rollläden fiel ein Lichtstrahl ins Haus. Alisa riss die Augen auf und starrte auf ihre Hände. Aber sie konnte wirklich nichts sehen. Und sie hörte auch Larry nicht mehr.

»Larry?«, flüsterte sie und tastete nach seiner Hand. Aber da war keine Hand. Da war nur etwas Kaltes, etwas Hartes – es war eine Türklinke. »Larry?«

Es war wirklich nicht die Zeit für Versteckspiele, fand Alisa. Aber das hatten anscheinend weder Hase noch Larry verstanden. Sie drehte sich um und wollte zurück an die Stelle, an der sie gestanden hatte, als das Licht ausgegangen war. Als sie vor eine Wand lief, sah sie ein, dass sie die Orientierung völlig verloren hatte. Sie tastete sich an der Wand entlang, spürte einen Türrahmen. Aber zu welcher Tür gehörte der? War das die Haustür? Oder die Küchentür? Oder doch die Tür zur Kellertreppe? Vorsichtig tastete sie sich weiter an der Wand entlang. Ihre Finger waren eiskalt. Kälter als alle Türklinken der Welt. Vielleicht war dieser Fall eben doch eine Nummer zu groß für sie.

»Larry?«, flüsterte Alisa, als sie auf etwas Weiches stieß. Es war weich und warm. Das war ein Körper. Aber dieser Körper gehörte nicht Larry. Denn dieser Körper hatte ein Fell. Und schlechte Laune: Er fauchte und zerkratzte Alisas Hand mit einem kräftigen Tatzenhieb.

»Hase, du Volltrottel!«, zischte Alisa und wich zurück. Sie stolperte und wäre um ein Haar hinterrücks gestürzt, aber etwas fing sie auf. Dieses etwas war kein Kater. Es war ein Mensch. Allerdings kein besonders freundlicher: Alisa wurde der Arm auf den Rücken gedreht.

»Lassen Sie mich los!«, rief Alisa. »Larry, pass auf! Hau ab! Hol die Polizei!« Aber es war zwecklos.

Keine zwei Minuten später fand sich Alisa in einem alten Kleiderschrank in Tante Adeles Kartoffelkeller wieder und hörte, wie der Schlüssel von außen herumgedreht wurde.

Na warte, du dämlicher Einbrecher, dachte Alisa. Hausmann hat bestimmt schon die Polizei gerufen. Und ich werde gleich von Larry und Hase befreit.

Aber dann hörte sie jemanden neben sich seufzen. »Huch! – Wer ist da?«

Jemand schaltete eine Taschenlampe ein. Alisa sah zur Seite und hätte heulen können: Sie war nicht allein im Schrank. Neben ihr saß Larry und verkroch sich in seinem Zaubermantel.

8. Kapitel

Wir müssen Hase finden!«

»Vor allem müssen wir hier raus!« Alisa stemmte sich gegen die Tür. Nichts zu machen. Tante Adele kaufte schon seit Menschengedenken nur Qualitätsprodukte. Und wenn sie einen Schrank kaufte, dessen Türen man abschließen konnte, dann waren diese Türen auch zu, wenn man sie abschloss.

Aus dem Erdgeschoss drang ein Rumpeln und Krachen zu ihnen herunter. Dann flog etwas auf den Boden, Hase bellte sein »miwau, miwau« und jemand rief: »Autsch!«

»Fass, Hase«, murmelte Larry und ballte die Fäuste. »Fass den Dieb! Den blöden Sack! Den Mistkerl!«

»Hast du keinen Zaubertrick parat, der Türen öffnet?«, fragte Alisa.

Larry runzelte die Stirn. »Ich könnte versuchen, den Schlüssel zu hypnotisieren.«

Alisa zeigte ihm einen Vogel. »Larry, vielleicht wird Hase da oben gerade niedergemetzelt! Also denk nach!«

Larry richtete den Lichtstrahl seiner Taschenlampe auf das Schloss. »Ja, doch, ich weiß, es gibt da einen Trick: Ich könnte mit einem Magnet von innen den Schlüssel fixieren und ihn im Schloss herumdrehen!«

»Na los!«, rief Alisa. »Worauf wartest du noch?«

Aber alles, was Larry aus dem Ärmel seines Zaubermantels schüttelte, war eine brennende Wunderkerze.

Vor dem Haus wurde ein Motor angelassen.

»Der Mistkerl haut ab! Und lässt uns hier sitzen!«, rief Alisa und hämmerte gegen die Tür.

Larry ließ sich wieder auf die Kissen und Mäntel sinken. »Warten wir ab, bis Tante Adele nach Hause kommt«, sagte er, zog ein Taschenmesser heraus und begann, sich die Fingernägel zu reinigen.

»Larry?« Alisa starrte auf das Taschenmesser, das ihr Bruder aus seiner Hosentasche gezaubert hatte.

»Oh, entschuldige. Fingernägel sauber machen im Kellerschrank ist wohl ekelhaft, oder?«

Aber Alisa klappte nur den Mund auf und wieder zu. »Das Taschenmesser!«

Larry legte den Kopf schief und nickte. »Ja, das ist ein Taschenmesser, Alisa. Alles klar mit dir? Es ist ein ganz normales Taschenmesser, weiter nichts.«

Alisa konnte es kaum fassen. Wie konnte Larry nur so blöd sein? Da saßen sie im Schrank und wollten raus und er hatte die ganze Zeit sein Taschenmesser dabei! Das Messer, an dem nicht nur eine Klinge, eine Nagelfeile, eine Schere, ein Dosen- und ein Flaschenöffner waren, sondern auch ein Schraubenzieher! Sie nahm Larry das Messer aus der Hand, klappte das Werkzeug auf und begann, die Schrauben, mit denen das Schloss von innen an der Schranktür angebracht war, zu lösen.

Larry schlug sich vor die Stirn. »Tut mir Leid, Alisa. Ich bin ein Trottel.«

Und da konnte Alisa leider nicht widersprechen. Sie zog die letzte Schraube heraus, löste die Metallkappe vom Schloss ab und legte den Riegel um.

»Bloß raus hier!«

Alisa leuchtete mit Larrys Taschenlampe in den Kellerraum, stürzte zum Sicherungskasten, der vor der Treppe hing, und drückte die Hauptsicherung wieder rein. Sofort flackerte das Licht auf.

»Hase!«, rief Larry. »Hase, komm zu mir!«

Sie rannten die Kellertreppe hinauf. Und wurden oben nicht gerade freundlich in Empfang genommen.

»Stehen bleiben! Polizei!«

Alisa traute ihren Augen kaum. Da standen eine Polizistin und ein Polizist in Zivilklamotten am oberen Trep-

penabsatz, hielten ihnen die Ausweise unter die Nase und wollten ihnen Handschellen anlegen. »Kriminalpolizei. Das Spiel ist aus!«

»Wir haben nichts mit dem Einbruch zu tun!«, rief Alisa. »Der Einbrecher ist vor ein paar Minuten abgehauen! Sie müssen ihn doch noch gesehen haben!«

Aber die Polizisten hörten gar nicht richtig hin.

»Da haben wir euch wohl auf frischer Tat ertappt!«, knurrte der Mann. »Wo ist die Beute? Macht eure Taschen mal leer.«

Alisa schüttelte den Kopf. »Können Sie mich hören? Hallo? Der Einbrecher ist gerade weggefahren. Wenn Sie sich beeilen, kriegen Sie ihn vielleicht noch!«

Die Kommissarin packte Alisa am Arm, sah ihr in die Augen und raunte ihr ins Gesicht: »Jetzt ist Schluss damit, verstanden? Wir wollen alles hören: Wer hat euch zu diesen Einbrüchen angestiftet? Wem habt ihr die Beute übergeben?«

Alisa spürte, dass ihr die Röte in den Kopf schoss. Das war ja Wahnsinn! Die Polizisten hielten doch tatsächlich sie für die Einbrecher.

»Dies ist das Haus unserer Tante. Wir haben uns hier nur versteckt, um den Einbrecher zu überraschen!«, sagte Alisa. »Sherlock Hausmann hat Sie in unserem Auftrag angerufen!«

»Unsinn! Wir sind von Nachbarn alarmiert worden. Erst im Garten herumschleichen und dann mit einem Lieferwagen vorfahren. Das ist zu viel des Auffälligen, meine Lieben! Und jetzt leert eure Taschen aus, und zwar zackig!«, sagte die Polizistin.

Alisa sah Larry an. Seine »Alarmanlage« hatte im entscheidenden Moment tatsächlich versagt. Ihr Bruder schluckte schwer. »Warum glauben Sie uns denn nicht?« Er begann, den gesamten Inhalt seines Mantels auf den Boden zu legen. »Wir wollten das Haus bewachen, aber da hat uns der Einbrecher in den Schrank im Kartoffelkeller gesperrt. Und Hase hat er vielleicht auch auf dem Gewissen!« Das Taschenmesser nahmen die Polizisten ihm sofort weg. Und auch sonst betrachteten sie Larrys Ausrüstung mit extrem kritischen Blicken. Selbst Alisa staunte nicht schlecht, als sie sah, was Larry alles in seinem Mantel mit sich herumschleppte: ein Döschen Zaubersalz, eine Taschenlampe, Ersatzbatterien, einen zusammengeklappten Zauberstab, Streichhölzer, einen Kerzenstummel, ein Stückchen Draht, ein Vorhängeschloss ohne Schlüssel, eine zerkratzte Lupe, Tante Adeles Haustürschlüssel, ein paar gezinkte Spielkarten und zwei Taschentücher (eins davon frisch), ein paar Wunderkerzen, ein endlos langes Tuch, einen Strauß Papierblumen, eine Wasserspritze mit diversen Leitungen und eine alte Pfeffermühle.

»Wer ist Hase?«, fragte die Frau, während sie Larrys Kram begutachtete. »Ist das euer Hintermann?«

»Hase ist ein Kater.« Alisa zeigte den Polizisten alles, was sie in den Hosentaschen hatte: ihren Haustürschlüssel, vier Euro und dreiunddreißig Cent, ihren Schülerausweis und eine Packung Taschentücher.

Die Polizistin schnappte sich den Schülerausweis. »Soso. Das ist ja alles sehr merkwürdig. Ein Kater, der Hase heißt. Und wo steckt der?« Sie warf einen Blick in den Ausweis. »Nun, Alisa Markowsky? Ich höre!«

Alisa verdrehte die Augen. »Warum soll ich Ihnen antworten, wenn Sie uns sowieso kein Wort glauben?«

Die beiden Polizisten sahen sich an und nickten kurz. Während der Mann den Kram von Larry in zwei Plastiktüten und den Kram von Alisa in eine dritte stopfte, rief die Frau über ihr Handy Verstärkung.

»Zwei dringend Tatverdächtige, ja, die müssen zur Wache. Nein, zwei Leute reichen. Es sind Kinder. Aber hier müssen Spuren gesichert werden. Versucht schon mal herauszukriegen, wer die Eltern sind. Das Mädchen heißt Alisa Markowsky.« Die Polizistin hielt die Hörmuschel zu und fragte Larry: »Wie heißt du?«

Aber Larry hörte gar nicht mehr hin. Ihm kullerte eine Träne über die Wange. Und dann rief er plötzlich: »Hase! Hase, wo bist du?«

»Er heißt Larry Cormac. Und unsere Eltern heißen Mona Markowsky und Konrad Scheller, Rabenstraße 10.« Alisa hätte die Kommissarin am liebsten auf den Mond geschossen. »Und die werden Ihnen die Hölle heiß machen.«

»Oder euch!«, knurrte die Polizistin und wandte sich wieder ihrem Handy zu.

Das werden wir ja sehen, dachte Alisa und verschränkte die Arme vor der Brust. Schließlich war ihre Mutter nicht umsonst Rechtsanwältin. Die würde so eine dämliche Polizistin doch garantiert in null Komma nichts an die Wand reden. – Hoffentlich.

9. Kapitel

Sie sind nicht die leiblichen Eltern des Jungen, aber dennoch erziehungsberechtigt?« Herr Horstmann von der Kriminalpolizei kratzte sich am Hinterkopf und schaute ein bisschen ratlos von Mona Markowsky zu Konrad Scheller.

Alisas Mutter stöhnte kurz. »Meine Güte, das ist doch nicht so kompliziert!« Sie lief hinüber zur Magnettafel, schnappte sich einen Filzstift und malte einen Teil des Stammbaums auf. »Agathe Spitalla hat in erster Ehe Ron Cormac geheiratet. Aus dieser Ehe ist ein Sohn hervorgegangen, der vor Ihnen sitzt und Larry heißt. Als Ron gestorben war, hat Agathe Cormac, geborene Spitalla, Konrad Scheller geheiratet.«

»Aber ich dachte, dass Sie beide verheiratet sind.« Frau Zeiler, die die beiden Kinder in Tante Adeles Haus verhaftet hatte, deutete auf Mona und Konrad.

»Unterbrechen Sie mich nicht, sonst werden Sie es niemals verstehen!«, sagte Mona Markowsky.

Alisa musste grinsen. Sie hatte es gewusst: Ihre Mutter redete die Polizisten in Grund und Boden. Und das machte sie so schwungvoll, dass auch Konni und Larry die Münder offen standen. Mit so einer Mutter im Rücken musste sie weder Frau Zeiler noch Herrn Horstmann fürchten, da war sich Alisa sicher.

»Konrad Scheller hat in zweiter Ehe Agathe Cormac geheiratet, die Larry mit in die Ehe brachte. Er hat seinerseits auch Kinder mitgebracht. Allerdings hielt die Ehe mit Agathe nicht besonders lange. Konrad wurde abermals geschieden und Larry ist auf eigenen Wunsch bei seinem neuen Vater und dessen Kindern geblieben. Mit Einverständnis des Familiengerichts und der Mutter.«

Kriminalkommissar Horstmann pfiff durch die Zähne. »Sie sind der Pflegevater des Jungen. Und das Haus gehört sozusagen seiner Pflegetante.«

Konrad Scheller nickte matt. »Wenn Sie so wollen, von mir aus. Können wir nun endlich gehen?«

»Das will ich doch meinen. Schließlich haben die Kinder nichts verbrochen. Im Gegenteil, sie sind Zeugen eines Einbruchs geworden. Aber das haben sie ja alles zu Protokoll gegeben.« Mona drückte Alisa ihre Jacke in die Hand und sagte: »Kommt, wir gehen.«

»Äh, Moment«, sagte Horstmann. Aber seine Kollegin winkte ab. »Ist schon gut. Wenn wir noch Fragen haben, melden wir uns«, sagte sie.

Mona deutete auf die Uhr über der Tür. »Aber nicht vor zehn Uhr morgen früh! Die Kinder müssen ausschlafen. Außerdem müssen sie den Schock erst mal verarbeiten.«

Und ehe die Polizisten es sich noch einmal anders überlegen konnten, schob Mona Larry und Alisa bereits aus der Bürotür.

»Wahnsinn, bist du vor Gericht auch immer so… so zackig?«, fragte Larry, als sie in Monas Sportwagen nach Hause fuhren.

Auf dem Beifahrersitz saß Konni und starrte auf die Straße.

Mona hielt an einer roten Ampel. »Nein. So zackig bin ich nur, wenn ich mich saumäßig aufrege, Larry.«

Eben, dachte Alisa. Die Polizisten waren ja auch wirklich dämlich gewesen. Warum hatten sie ihr nicht geglaubt, als sie sagte, dass sie nicht die Einbrecher waren? Und warum hatten sie ihnen verboten, nach Hase zu suchen?

»Diese Polizisten sind furchtbar blöde! Ohne uns werden die den Fall niemals lösen«, sagte Alisa.

»Wir müssen unbedingt Hase finden«, fügte Larry hinzu.

»Und dann müssen wir die Spuren in Tante Adeles Haus sichern.«

Mona und Konni drehten sich zu Larry und Alisa um. »Spinnt ihr?«, fragten sie wie aus einem Munde.

Mona blies sich nervös eine blonde Haarsträhne aus der Stirn und erklärte: »Ich rege mich nicht über die Polizisten auf, Larry. Die haben nur ihren Job gemacht und das gar nicht mal so schlecht. Ich rege mich über euch auf!«

»Es ist Grün«, flüsterte Alisa.

»Es ist mir vollkommen egal, ob es Grün ist!«, rief ihre Mutter. »Ich möchte, dass ihr sofort aufhört, Detektive zu spielen! Habt ihr mich verstanden? Dass die Polizei euch abgeholt hat, ist ja noch harmlos. Was hättet ihr gemacht, wenn die Einbrecher euch erwischt hätten?«

»Aber sie haben uns doch erwischt!«, hörte Alisa sich selbst erwidern. Sie biss sich auf die Lippe. Das war ein Fehler gewesen. Ganz sicher. Das hätte sie nicht sagen sollen.

»Was? – Und ihr wagt es, auch nur in Gedanken weiterzumachen?« Mona schnaufte. »Versteht ihr nicht? Ihr seid Kinder! Und das sind echte Kriminelle! Das ist nichts für euch!«

Larry schob seine Unterlippe extraweit nach vorne. »Wenn die Hase entführt haben, hole ich ihn zurück, da kannst du Gift drauf nehmen.«

»Nichts da, schlag dir das aus dem Kopf!«, rief Mona. »Außerdem kommt ein Kater von allein nach Hause.«

Hinter ihnen hupte ein Auto.

»Mona, es ist Grün«, sagte Konni ganz ruhig.

»Grün, Grün, Grün! Unsere Kinder sind so verwahrlost, dass sie jeden Bezug zur Realität verlieren. Wenn die so weitermachen, sind wir das Sorgerecht bald los. Kapierst du das, Herr Doktor Scheller? Und du kommst mir mit einer grünen Ampel!«

»Aber hörst du nicht die Autos hupen?«, fragte Konni.

»Konrad, hier geht es um die Kinder!«, fuhr Mona ihn an. »Aber dir ist ja so ein bekloppter Autofahrer wichtiger.«

»Mona, werd nicht ungerecht«, ermahnte Konni sie.

»Ach, jetzt bin ich schuld, oder was?«

Alisa verdrehte die Augen. Ihre Mutter stand an der grünen Ampel und war in Fahrt. Sie war voll in Fahrt. Und während es inzwischen wieder Rot und dann Grün wurde, schrie sie Konni an. Und je länger sie schrie, desto wirrer wurde das Zeug, das sie Konni vorwarf: Er kümmere sich nicht genug um die Kinder. Und überhaupt sei er nie da, wenn man ihn brauche. Das wollte Konni nicht auf sich sitzen lassen und blökte zurück, dass Mona ja immerzu in ihrer Kanzlei herumhängen würde. Mona konterte, dass sie aber jederzeit erreichbar sei und sich nicht von einem

Zerberus verleugnen lasse. Konni wurde stinksauer. Er bestand darauf, dass Mona seine Sekretärin »Frau Müller« nannte, und sagte, dass die doch nun überhaupt nichts damit zu tun habe. Und so ging es weiter und wurde lauter und lauter und ungerechter von beiden Seiten. Schließlich hatte Konni genug. Er stieg aus und nahm sich ein Taxi.

»Das ist wieder typisch. Entweder er verschanzt sich hinter seinem Höllenhund, oder er läuft weg, wenn's Probleme gibt«, knötterte Mona ihm hinterher, legte aber endlich den Gang ein und fuhr nach Hause.

10. Kapitel

Der Samstagmorgen war nicht gerade nach Alisas Geschmack: Der Nieselregen hatte sich über Nacht in eine dicke Nebelsuppe verwandelt, die die Stadt unter sich begrub. Alisa hatte miserabel geschlafen. Gestern hatte Mona ihnen noch mal klar und deutlich verboten, an ihrem Fall weiterzuarbeiten. Aber selbst wenn sie gedurft hätten – Alisa hatte nicht einmal eine blasse Ahnung, ob dieser Fall überhaupt noch aufzuklären war. Denn in eine neue Falle würde der Einbrecher bestimmt nicht tappen. In die Häuser der anderen Mitglieder des Doppelkopfklubs wäre es ohnehin schwer gewesen hineinzukommen. Jetzt, nachdem ihre Aktion in Tante Adeles Haus fehlgeschlagen war, konnten sie sich das aus dem Kopf schlagen. Nicht mal ein Foto vom Täter hatten sie! Die Kamera, die Larry in seine Alarmanlage eingebaut hatte, lag vermutlich irgendwo in einer Mülltonne.

So saßen die drei Ex-Freizeit-Detektive ziemlich niedergeschlagen am Frühstückstisch in der Küche, als plötzlich ein zerzauster, getigerter Kater vor dem Küchenfenster auf und ab stolzierte.

»Hase!« Larry sprang auf, öffnete das Fenster und ließ das Tier trotz des Hausverbots herein. Hase sah so aus, als hätte er eine harte Nacht hinter sich: Sein Fell war zerzaust, er gähnte und streckte sich. Und er trug etwas Glitzerndes im Maul.

»Es ist ein Ohrring!« Larry nahm Hase vorsichtig das Schmuckstück aus dem Maul.

»Oje, hat er den etwa Tante Adele gestohlen?« Alisa betrachtete den Ohrring. Ein längliches, baumelndes Gebilde aus unterschiedlichen glitzernden Edelsteinen. Das sah ganz nach Tante Adeles Geschmack aus. Und nach einer Menge Ärger.

»Wenn die Polizei den Ohrring bei uns findet …«, sagte Alisa.

»… dann sind wir dran«, vollendete Larry ihren Satz.

»Moment, nicht so schnell!« Henriette starrte auf den Ohrring. »Solche Ohrringe habe ich schon mal gesehen. Das war … das war bei … bei … Mist! Ich komme nicht drauf.«

»Vielleicht am Ohr von Tante Adele?«, fragte Alisa.

Henriette schüttelte den Kopf. »Ganz sicher nicht.«

In diesem Augenblick flog die Küchentür auf. Polly und Tom standen im Türrahmen und riefen: »Was macht Hase in der Küche? Raus mit ihm!«

Hase legte den Kopf schief, knickte seinen halben Schwanz ab und kuschelte sich an Larrys Pullover. »Habt ihr mal einen Blick nach draußen geworfen? Das ist doch kein Wetter, bei dem man einen schwer ermüdeten Spürkater vor die Tür setzen kann!«

»Äh, hallo? Erinnerst du dich noch an unseren letzten Beschluss? Wir haben dir erlaubt, die Hütte wetterfest zu machen!« Polly schnappte sich ein Brötchen. »Wenn du dich nicht drum kümmerst, ist das deine eigene Schuld.«

»Jetzt halt aber mal die Luft an!«, rief Larry. »Hase wäre heute Nacht fast von einem Einbrecher erledigt worden. Außerdem reicht das Geld nicht aus, das Konni uns für die Hundehütte gegeben hat. Aber euch ist das ja anscheinend völlig egal!«

Tom seufzte, setzte sich an den Küchentisch und deutete Polly an, dass sie Platz nehmen solle. »Was ist eigentlich mit euch los?«, fragte er dann. »Mona und Konni müssen euch von der Polizeiwache abholen. Ihr haltet euch nicht an die Beschlüsse des Hausrats. Und wenn Polly dich darauf aufmerksam macht, Larry, dann schreist du sofort los. Warum sind eigentlich immer die anderen schuld?« Er nahm seine Brille ab und putzte sie an seinem Pullover. »Habt ihr euch das schon mal gefragt?«

Henry verdrehte die Augen, rückte ihr Stirnband zurecht, holte tief Luft und wollte garantiert eine saftige Schimpftirade gegen Tom und Polly loslassen. Aber Alisa kam ihr zuvor. »Du hast Recht, Tom. Etwas stimmt nicht. Vielleicht stimmt auch etwas mit uns nicht. Aber die Sache mit der Polizei hat nichts mit Hases Hundehütte zu tun. Wirklich nicht. Larry hat zehn verschiedene Angebote eingeholt. Die sind alle viel zu teuer. Und ich befürchte, dass Konni nicht bereit ist, uns mehr Geld zu geben. – Das ist wirklich nicht Larrys Schuld, oder? Wenn wir deshalb die Hundehütte nicht winterfest machen können, dann müssen wir eben noch einmal darüber diskutieren, ob Hase nicht vielleicht doch ins Haus darf.«

Polly schüttelte den Kopf und biss in ihr Brötchen.

»Wen habt ihr denn angerufen?« Tom goss sich Orangensaft in ein Glas.

Larry kraulte Hase am Nacken. »Drei Architekten, fünf Heizungsinstallateure, zwei Schreiner, drei Dachdecker, einen Glaser.« Er seufzte. »Vergiss es, Tom. Es ist alles zu teuer.«

Tom lachte. »Ja, klar ist das zu teuer, wenn du einen Architekten fragst, ob er eine Hundehütte ausbauen kann!«

Auch Polly runzelte die Stirn und fragte: »Habt ihr noch nie was vom Baumarkt gehört?«

Blöde Frage, natürlich kannten sie den Baumarkt. »Gibt es da etwa winterfeste Hundehütten?«, fragte Larry kleinlaut.

Tom lachte schallend und stand auf. »Auf geht's, Leute. Wir fahren jetzt zum Baumarkt. Und für den Rest vom Wochenende bauen wir Hases Hütte aus!«

»Wir?«, fragten Larry, Alisa und Henry wie aus einem Mund.

»Ja, klar. Ich helfe euch. Das kriegen wir schon hin.«

»Aber kannst du denn ein Dachfenster und eine Fußbodenheizung einbauen?«, fragte Larry misstrauisch, als sie schon im Flur standen.

Tom zog sich seine Lederjacke über. »Dachfenster? Nö. Das gibt's nicht. Hase braucht eine winterfeste Hundehütte, keine Villa!«

Alisa hätte nie gedacht, dass sich Tom so gut im Baumarkt auskannte. Schon bald lagen Dämmstoffe, Holzplatten, Dachpappe und Scharniere für eine neue Katzenklappe in ihrem Wagen. Und weil Larry darauf bestand, besorgten sie auch eine hübsche Lampe mit allen nötigen Kabeln und einem Lichtschalter, von dem er meinte, dass Hase ihn bedienen könne.

»Wozu braucht Hase Licht?«, fragte Tom, als sie auf dem Rückweg noch im Supermarkt vorbeifuhren. »Er ist ein Kater. Der kann nachts prima sehen!«

»Aber er hat Angst im Dunkeln«, sagte Larry.

Tom parkte den Bus auf dem Parkplatz des Supermarkts und murmelte: »Wenn du es sagst.«

»Hast du einen Einkaufszettel?«, fragte Alisa, als sie aus dem Bus kletterten.

»Klar.« Tom zog eine Liste aus der Lederjacke. »Ich schlage vor, ich hol die Getränkekisten und ihr fangt schon mal mit dem Rest an.« Er drückte Alisa einen Zettel in die Hand. »Bis ihr an der Kasse seid, habe ich euch locker eingeholt.«

Sie marschierten auf den Haupteingang des Supermarktes zu, als Henriette Alisa am Ärmel zupfte. »Schau mal, wer da kommt!«

Eine ältere Dame trat aus dem Supermarkt auf den Parkplatz und spazierte den Kindern entgegen. Alisa kannte die Frau. Und sie wunderte sich ein bisschen, dass eine so feine Dame wie diese im Supermarkt einkaufte: Es war die Gräfin von Brachte.

»Was macht die denn im Supermarkt?«, flüsterte Alisa.

Henriette kicherte. »Auch eine Gräfin braucht mal Reis, Nudeln, Mehl, Zucker und Milch, oder?« Henry ging einen Schritt auf die Dame zu und rief: »Hallo, Frau von Brachte!«

Die Dame blieb stehen und musterte Henry von oben herab.

»Sie haben ja gestern Abend mächtig Glück gehabt! Ein gutes Spiel nach dem anderen.« Henry vergrub die Hände in den Hosentaschen ihrer Jeans. »Äh, erkennen Sie mich nicht wieder? Ich bin's, Henriette! Äh, ich bin nur so locker angezogen, weil wir gerade im Baumarkt waren.«

Die Gräfin nickte nur kurz. »Ja, ja.«

»Haben Sie schon gehört, dass bei unserer Tante eingebrochen wurde?«, fragte Henry.

Die Gräfin sah flüchtig auf ihre Uhr und knurrte: »Ja, ja, tragisch, natürlich. Ich muss wirklich los.« Und ehe Henriette oder Alisa noch Auf Wiedersehen sagen konnten, war sie schon verschwunden.

»Hast du der was getan?«, fragte Larry, als sie den Supermarkt betraten.

Henry zuckte mit den Schultern. »Nicht dass ich wüsste. Sonst ist sie eigentlich ganz nett.«

»Aber launisch.« Alisa holte einen Einkaufswagen. »Das hat doch diese Frau Wolff in dem grässlichen Hosenanzug gesagt.«

Henry nickte. Sie marschierten durch die Gänge zum Nudelregal. Aber plötzlich blieb Henry stehen und sagte: »Die Gräfin. Die hat solche Ohrringe!«

»Wie?«, fragte Alisa.

»Solche Ohrringe, wie Hase uns heute Morgen einen gebracht hat, hat die Gräfin gestern Abend getragen.« Henriette strahlte Alisa und Larry an. »Ich hatte schon Angst, dass mein Gedächtnis mich im Stich lässt.« Sie machte einen Schritt zum Nudelregal. Aber dann zögerte sie wieder.

»Was ist?«, fragte Alisa.

»Ich weiß nicht.« Henry legte den Kopf schief. »Irgendetwas ist komisch. Entweder, ich habe diese Ohrringe noch einmal gesehen, oder ...«

»He, was ist los? Weiter seid ihr noch nicht gekommen?« Tom stand plötzlich hinter ihnen und sah in den leeren Wagen. »Diskutiert ihr noch darüber, wo ihr anfangen wollt, oder was ist los? Wenn wir so weitermachen, wird das mit der Hundehütte natürlich nichts mehr.«

Das ließen sich Larry, Henry und Alisa nicht zweimal sagen. Sie benutzten ihre Rucki-Zucki-Einkaufsmethode: Tom schob den Wagen durch die Gänge und las dabei vor, was sie brauchten, während Alisa, Henry und Larry die Waren in den Wagen pfefferten.

Zehn Minuten später stiegen sie wieder in Toms weißen VW-Bus.

»Auf geht's zum Hundehüttenbau«, rief Tom, startete den Motor und brauste los Richtung Rabenstraße.

Aber als sie in die Einfahrt der Villa fahren wollten, sah Alisa ein ziemlich dickes Problem. Das Problem versperrte ihnen die Zufahrt und war eine dunkelblaue Limousine. Darin saßen zwei Leute, die Alisa bestens kannte: Es waren Horstmann und Zeiler, die Beamten von der Kriminalpolizei.

11. Kapitel

»Moment mal!« Tom fuhr sich mit den Fingern durch die Pudelfrisur. »Sie meinen, dass ich meine Geschwister zum Einbruch bei meiner Tante angestiftet habe? Und ich soll sie mit meinem Bus zum Tatort gefahren haben, richtig?«

Frau Zeiler lehnte sich mit dem Rücken an ihren dunkelblauen Dienstwagen und schien die Ruhe in Person zu sein. »Haben Sie?«

»Nein, natürlich nicht! Das ist doch absurd!« Tom nahm seine Nickelbrille ab, massierte seine Nasenwurzel und schwieg.

»Wie kommen Sie denn auf diese Schnapsidee?«, fragte Alisa.

Herr Horstmann verschränkte die Arme vor der Brust. »Das Auto ist gesehen worden.«

»Wo und wann?«, fragte Alisa.

»Am Tatort, zur Tatzeit«, sagte Frau Zeiler, ohne Tom aus den Augen zu lassen. »Freitagabend, gegen 19 Uhr 30 vor dem Haus von Adele Scheller. Reicht dir das?«

»Nein, das reicht mir nicht!«, sagte Alisa. Sie trat wütend in den Kies der Auffahrt und stemmte die Fäuste in die Seiten. Das war doch der Gipfel der Frechheit, dass diese Frau Zeiler sie noch nicht einmal ansah, wenn sie mit ihr sprach. »Was hat Ihr Zeuge denn gesehen? Einen weißen VW-Bus? Davon fahren doch hunderte durch die Stadt. Warum sind Sie sich so sicher, dass es Toms war?«

»Ein Zeuge hat das Kennzeichen erkannt«, sagte Frau Zeiler.

Horstmann räusperte sich. Alisa entging der zweifelnde Blick, den Horstmann seiner Kollegin zuwarf, nicht. Irgendetwas stimmte nicht.

»Ausgeschlossen.« Tom schüttelte den Kopf. »Ich war den ganzen Abend in der Nordstadt. Bin erst gegen zehn Uhr nach Hause gekommen.«

Horstmann zückte seinen Notizblock und fragte: »Von wann bis wann waren Sie mit dem Auto unterwegs?«

»Ich bin hier gegen halb sieben aufgebrochen. Nein, warten Sie, es war Viertel vor. Ich habe die Presseschau im Radio gehört, die beginnt um Viertel vor, und ich habe genau den Gong erwischt, mit dem die immer anfangen. Das fand ich prima. Dann war ich erst gegen halb zehn wieder hier.«

»Zeugen?« Frau Zeilers Augen zogen sich zu zwei Schlitzen zusammen.

Tom nickte. »Jede Menge. Ich war mit meiner Freundin im *Wittgenstein.*«

»Wittgenstein?« Die Kommissarin runzelte die Stirn.

Aber Horstmann kannte sich besser aus als seine Kollegin. »Das ist ein Café in der Nordstadt. Wiener Platz, Ecke Ludwigstraße.«

»Und die Freundin, hat die auch einen Namen?«

Tom seufzte, gab den Namen, die Telefonnummer und die Anschrift seiner Freundin Elena zu Protokoll. Er konnte sich zum Glück auch noch an fünf andere Bekannte erinnern, die ihn gesehen haben müssten.

»Und Sie waren die ganze Zeit in diesem Café?«

Tom nickte.

»Sie haben Ihr Auto auch nicht verliehen? Das stand die ganze Zeit vor der Tür?«

»Davon gehe ich aus.«

Alisa blickte die Kommissarin scharf an und knurrte: »Erklären Sie uns doch mal, wieso jemand Toms Auto in der Amalienstraße gesehen haben will.«

»Es war nicht das ganze Kennzeichen«, gab die Kommissarin zu. »Aber es gibt eben nur fünf weiße Busse in der

Stadt, die ein X im Kennzeichen haben. Einer davon gehört Ihnen.« Die Kommissarin deutete auf Tom. »Und ein anderer dem Hotel Ihres Vaters.« Frau Zeiler durchbohrte Alisa mit ihrem Blick, als sie hinzufügte: »Es ist doch merkwürdig, oder? Wir erwischen euch am Tatort und die erste Zeugenaussage führt schon wieder in eure Nähe.« Sie lächelte plötzlich. »Wollt ihr nicht endlich sagen, wer eure Hintermänner sind? Lasst es doch einfach raus!«

Alisa konnte es kaum fassen. Diese dämliche Polizistin verdächtigte sie tatsächlich noch immer! Und der wahre Täter konnte derweil in aller Seelenruhe weitere Einbrüche planen und ausführen. »Sie haben keinen Beweis. Sie tappen völlig im Dunkeln. Statt uns zu verdächtigen, sollten Sie lieber die wahren Täter suchen!«

In diesem Augenblick hielt ein Sportwagen vor der Einfahrt auf dem Bürgersteig. Alisas Mutter sprang aus dem Auto und rief: »Was ist denn hier schon wieder los? Warum belästigen Sie die Kinder? Wenn Sie etwas wissen wollen, dann schicken Sie mir eine Vorladung! Ich werde mich bei Staatsanwalt Dübel über Sie beschweren, wenn das so weitergeht!«

Und unter wilden Drohungen von Mona Markowsky sprangen die Polizisten in ihr Auto, nahmen die Abkürzung über den Rasen und verschwanden im Nebel der Rabenstraße.

Während Larry den Nachmittag mit Tom, Polly und dem Ausbau der Hundehütte verbrachte, schlichen sich Alisa und Henriette klammheimlich davon. Sie drückten sich am Hotelportier vorbei hinauf ins Büro von Sherlock Hausmann und schilderten ihm die Lage.

»Schwierig, schwierig«, sagte der Hoteldetektiv. »Ihr solltet aufhören. Überlasst den Fall der Polizei.«

»Quatsch!«, riefen Alisa und Henry wie aus einem Mund.

»Solange die Polizisten den wahren Täter nicht fassen, werden sie uns verdächtigen.« Alisa setzte sich auf die Kiste. »Demnächst wird diese Frau Zeiler bestimmt herausfinden, dass Henriette seit ein paar Wochen Gast im Doppelkopfklub ist. Und das wird für die nur ein weiterer Hinweis dafür sein, dass wir eine Verbrecherbande sind.«

»Wenigstens haben die Polizisten uns einen neuen Hinweis gegeben. Es könnte sein, dass der Bus des Hotels in die Tat verwickelt war«, sagte Henriette.

Sherlock Hausmann schüttelte den Kopf. »Vergesst es. Zeiler und Horstmann waren vorhin bei mir. Über die Fahrten des Hotelbusses wird Buch geführt. Der ist gestern Abend nicht gefahren worden; die Beamten haben das Fahrtenbuch schon überprüft.«

Alisa kratzte sich am Hinterkopf. »Was schreibt man denn in ein Fahrtenbuch?«

»Ich zeig's euch.« Hausmann stand umständlich aus seinem Sessel auf, zog sich eine Jacke über und marschierte mit den beiden Mädchen über eine Hintertreppe in den Keller des Hotels. Am Ende des Gangs lag die Küche. Hier führte eine weitere Treppe hinauf ins Restaurant und zu den Gästetoiletten.

Hausmann holte den Autoschlüssel aus der Küche. Zu dritt liefen sie den Gang hinunter, am Weinkeller vorbei in die Tiefgarage.

»Sieht genauso aus wie die Karre von Tom«, stellte Alisa fest, als sie vor dem weißen VW-Bus standen.

Hausmann öffnete die Fahrertür, kletterte in den Bus und holte ein Notizbuch aus dem Handschuhfach. »Das ist das Fahrtenbuch. Hier stehen genau das Datum, der Fahrer, die Abfahrtszeit, die Ankunftszeit und der Kilometerstand vor der Fahrt, nach der Fahrt und die gefahrenen Kilometer. Und wie ihr seht, hat Frau Schmidt das Auto zuletzt gestern früh benutzt, es aber schon am späten Vormittag wieder hier abgestellt. Sie ist 18 Kilometer gefahren. Das ist ihre tägliche Strecke zum Großmarkt, wo sie einkauft.« Hausmann lächelte. »Diese Spur ist kalt, meine Lieben.«

Alisa betrachtete das Buch. Der letzte Kilometerstand war mit 98 576 eingetragen. Der Name »Schmidt« war der Name der Küchenchefin. Es schien alles seine Ordnung zu haben. Alisa verglich diese Zahl mit dem Stand des Kilo-

meterzählers im Auto. Sie sah noch einmal hin. Und noch einmal. Und stellte fest: »Da stimmt doch was nicht. Ins Buch wurde 98 576 eingetragen, aber der Kilometerstand ist bei 98 596!«

Hausmann lächelte. »Nein, nein, die Sieben ist nur undeutlich geschrieben.« Aber dann sah er noch einmal hin, betrachtete die letzten Zeilen des Buches und stellte fest: »Also, entweder hat Frau Schmidt sich verschrieben, aber dann müsste sie 20 Kilometer weiter gefahren sein, oder …«

»Oder jemand ist später noch einmal mit dem Auto gefahren«, vollendete Alisa seinen Satz.

Henriette schnappte sich das Fahrtenbuch und blätterte darin herum. »Das stinkt zum Himmel!« Sie deutete auf ein Datum. »Am 15. war der erste Einbruch bei Luhns. Und bei der Fahrt vom 15. auf den 16. gibt es eine Lücke: Hier endet der Kilometerstand hinten mit 369. Harald hat das eingetragen. Als nächsten Kilometerstand bei der neuen Fahrt steht aber 388, von Frau Schmidt eingetragen. Da fehlen also 19 Kilometer! Dasselbe beim zweiten Einbruch, am 22. Hier ist eine Lücke von 16 Kilometern.« Sie wollte ein Eselsohr in die entsprechende Seite knicken, aber Hausmann hielt sie davon ab.

»Das könnte doch eine heiße Spur sein! Wenn du alle fehlerhaften Seiten markierst, ist unser Täter vielleicht gewarnt!«

Henriette bog die Ecke der Seite wieder zurück. »Können wir das Buch vielleicht fotokopieren? Dann muss ich mir nicht alles merken.«

Hausmann nickte.

»Wer darf denn mit dem Bus fahren?«, fragte Alisa.

»Frau Schmidt, die Köchin, fährt damit morgens zum Einkaufen«, sagte Hausmann. »Harald fährt gelegentlich zur Wäscherei und zur Werkstatt, wenn was fehlt. Einer der Hausmeister, Ecki Eckermann, braucht den Bus auch manchmal, aber Eckermann ist schon seit zwei Wochen im Münchener Hotel eures Vaters, weil da jemand krank geworden ist. – Das sind eigentlich alle.« Hausmann zögerte, blätterte im Fahrtenbuch herum und fügte hinzu: »Nein, Claudia Mühlenbrink, die sich um den Weinkeller kümmert, die fährt mit dem Bus zur Weinhandlung.«

Als Claudias Name fiel, zuckte Henry zusammen. »Claudia! Genau!«

Alisa legte den Kopf schief. »Was ist?«

»Claudia hat auch so Ohrringe, wie Hase einen gefunden hat! Garantiert!«

»Wer bewahrt den Schlüssel für den Bus auf?« Ein Kribbeln breitete sich von Alisas Bauch bis zu ihrem Rücken aus. Das war eine Spur. Und diese Spur war heiß. Das spürte sie genau.

»Der hängt in der Küche«, sagte Hausmann.

»Das müssen wir sehen.« Alisa schlug die Tür des Busses zu und marschierte aus der Tiefgarage.

Hausmann und Henriette holten sie auf dem kurzen Weg zur Küche ein. Der Detektiv drückte die Tür auf.

»Ist die nicht abgeschlossen?«, fragte Alisa.

Hausmann schüttelte den Kopf. »So gut wie nie. In der Küche ist ja immer jemand.«

Frau Schmidt, die Chefköchin, stand hinter einem der gewaltigen Kochtöpfe und nickte den Kindern zu. »Na, kommt ihr mich mal besuchen?«

»Wir sind gleich wieder weg!«, rief Alisa.

Sherlock Hausmann lenkte die Chefköchin ab und fragte, ob sie am Vortag noch etwas zu erledigen gehabt hatte oder wirklich nur zum Großmarkt gefahren sei. Währenddessen betrachteten Alisa und Henriette das Schränkchen, in dem der Autoschlüssel normalerweise lag. Es war ein schmaler Schlüsselschrank, der rechts an der Wand neben der Küchentür montiert war. Darüber hing ein großer Kalender, in den jemand eingetragen hatte, wer wann den Bus brauchte.

Als sie die Küche verließen, fasste Henry zusammen: »Sich den Bus unbemerkt auszuleihen, ist ein Kinderspiel: Man muss ja nur in die Küche latschen, einen Blick auf den Plan werfen und den Schlüssel aus dem Schrank nehmen – schon ist man weg.«

Alisa nickte. »Aber du wirst gesehen. Mit ziemlicher Sicherheit.« Sie wickelte eine Haarsträhne um den linken Zeigefinger. »Aber das macht vielleicht nichts, wenn …«

»Wenn dich sowieso alle kennen«, sagte Henry. »So wie zum Beispiel Claudia.«

»Zum Beispiel«, flüsterte Alisa.

»Habt ihr alles gesehen?«, fragte Hausmann, als auch er die Küche verließ.

»Alles klar.« Alisa stieg die Treppe hinauf. »Machen Sie uns eine Kopie des Fahrtenbuchs?«

Hausmann nickte. »Mach ich gleich. Ich leg das Buch dann auch zurück ins Handschuhfach, damit niemand Verdacht schöpft. Habt ihr schon jemanden im Visier?«

Alisa grinste. »Sehen Sie uns das etwa an?«

Sherlock Hausmann legte einen Zeigefinger an seine knubbelige Nase. »Ich hab eine Spürnase, Alisa Markowsky, vergiss das nicht. Und meine Spürnase merkt, wenn jemand ein Geheimnis hat.«

Ein Geheimnis, das hatte Alisa allerdings. Denn eine so klare und heiße Spur musste sie einfach heimlich verfolgen. Selbst wenn ihre Mutter strikt dagegen war. Sie erreichten das Erdgeschoss und verabschiedeten sich von Hausmann, der einen Stock höher in das Verwaltungsbüro zum Fotokopiergerät stiefelte.

»Hoffentlich erwischt mich Zerberus nicht«, murmelte er zum Abschied.

Alisa und Henry rannten aus dem Hotel. Kaum waren sie im Nebel, der die Rabenstraße unter sich begrub, eingetaucht, fragte Henry: »Was ist dein Geheimnis, Alisa? Weißt du schon, wer der Täter ist?«

»Ich habe einen Verdacht.« Sie überquerten die Straße.

»Claudia«, sagte Henriette.

»Ja, aber sie war es nicht allein.« Alisa machte einen kleinen Freudenhüpfer. Plötzlich schien alles so klar und einfach zu sein. Alles passte: der Ohrring, der Doppelkopfklub, der Bus und … »Du weißt, wer Claudias Lebensgefährte ist, nicht wahr?«, fragte Alisa.

»Natürlich, das ist Harald, der Oberkellner.« Henry schlug den Kragen ihrer Jacke hoch. »Das weiß jeder. Aber was hat Harald …« Henry blieb stehen. »Natürlich! Harald ist die undichte Stelle im Doppelkopfklub! Wenn er beim Bedienen nur ein bisschen zuhört, weiß er genau, wer von denen welches Kunstwerk zu Hause herumstehen hat. Außerdem hat Harald auch mitbekommen, dass der Klub seine Termine geändert hat.«

Alisa nickte. »Und Claudia kann den Bus ausleihen, wann immer sie will. Das fällt niemandem auf. Während sie ein Haus ausräumt, hat Harald das Opfer im Blick. Falls jemand plötzlich nach Hause aufbricht, kann er Claudia immer noch über das Handy warnen. Es ist ein perfekter Plan.«

Henriette wiegte den Kopf hin und her. »Ich weiß nicht. Traust du Harald und Claudia das wirklich zu? Die arbeiten beide gerne im Hotel. Wozu sollten die so ein Risiko eingehen? Da fehlt doch das Motiv!«

Alisa kickte einen Stein auf die Straße. »Die beiden haben vor einem halben Jahr eine Wohnung gekauft. Und das heißt: Schulden, Schulden, Schulden.«

Henry ging weiter. »Woher weißt du das denn schon wieder?«

»Hat Harald mir erzählt, als er unseren Rasenmäher repariert hat«, sagte Alisa.

»Also haben wir alles: Täter, Tathergang, Motiv«, fasste Henry zögernd zusammen.

»Nur den Beweis, den haben wir noch nicht.« Alisa ballte kampfeslustig die Fäuste. »Aber den kriegen wir nächsten Dienstag.«

»Warum ausgerechnet am …« Henry stolperte, fing sich und sagte: »Alles klar, Dienstag ist ja das nächste Doppelkopftreffen.«

Sie spazierten die Auffahrt zur Villa entlang.

Der Nebel zog noch immer in Schwaden über das Gras, aber Alisa hätte trotz dieser Suppe jubeln können. Sie waren so gut wie am Ziel. Und Mona würde ihnen bestimmt nicht böse sein, wenn sie diesen Fall erst gelöst hatten – schließlich bewiesen sie damit ja auch ihre Unschuld.

Sie bogen um die Ecke und sahen drei Leute im Nebel

hämmern: Es waren Tom, Polly und Larry, die Hases Hundehütte komplett auseinander genommen hatten.

»Oje, hoffentlich kriegt ihr die auch wieder zusammen«, sagte Henry.

Aber Larry war sich seiner Sache sicher. »Wir kriegen alles hin, wenn der Plan gut ist. Und der Plan ist supergut.«

Alisa strahlte ihren Bruder an und sagte: »Das glaube ich auch.«

12. Kapitel

Dieses Mal wollte Alisa sich nicht überrumpeln lassen. Diesmal wussten sie, wen sie suchten. Außerdem war Sherlock Hausmann bei ihnen. Und sie waren besser ausgerüstet: Sie hatten Funkgeräte. Die hatten Larry und Henriette zusammengebaut. Allerdings waren diese Funkgeräte nicht gerade neu. Die Einzelteile hatte Sherlock Hausmann aus irgendwelchen Kisten und Schachteln in seinem Büro zusammengesucht – alles ehemalige Funkgeräte der Polizei, die leider im Einsatz kaputtgegangen waren. Aber Larry und Henriette hatten das Kunststück fertig gebracht, aus diesem Schrott drei funktionstüchtige Geräte zu basteln. Auch wenn die nicht ganz so aussahen wie gewöhnliche Funkgeräte. Alisas Gerät wurde nur durch ein Gummiband zusammengehalten und die Antenne von Larrys Gerät sah aus wie der Schwanz von Hase. Das beste Stück hatte Henry abgekriegt: Es war nicht größer als eine Kreditkarte, hatte ein Verlängerungskabel und einen Ohrstöpsel, den sie geschickt unter ihrer Haarmähne verstecken konnte.

Am Dienstagabend waren sie auf ihren Posten: Larry wartete mit Hase und Hausmann in dessen Auto vor dem Haus, in dem Claudia und Harald wohnten. Er würde sich melden, sobald Claudia das Haus verließ. Henry saß im Hinterstübchen des Hotels »Schellerhof« beim Doppelkopf. Wie immer hatte sie sich besonders damenhaft herausgeputzt, ließ aber ihre Haare offen, damit sie das Kabel des Ohrstöpsels besser verstecken konnte. Diesmal achtete sie nicht so sehr auf ihre Karten und die anderen Teilnehmer des Klubs als vielmehr auf den Kellner Harald. Sobald Harald sich aus dem Raum entfernte, drückte sie einmal unauffällig die Sprechtaste des Funkgeräts, das in ihrer Jackentasche versteckt war. Dieses Drücken der Sprechtaste konnten Alisa, Larry und Hausmann als ein Knacksen hören. Sobald Harald wieder hereinkam, gab Henriette mit zweimaligem Knacksen Entwarnung.

Alisa hatte sich im Laderaum des VW-Busses versteckt und wartete darauf, dass Claudia kam. Sie war eigentlich nur zur Sicherheit in den Bus gestiegen, falls Claudia es schaffen sollte, Larry und Hausmann abzuhängen.

Aber Claudia kam nicht.

Es wurde 19 Uhr und es wurde 19 Uhr 30. Harald verließ den Raum und kam wieder und verließ wieder den Raum. Alisa fragte bei Larry an, was los sei. Aber ihr Bruder hatte keine Neuigkeiten.

»Hier ist nichts los, Alisa. Der Fernseher läuft, das kann ich von hier unten sehen, ansonsten wird uns langsam kalt, Hausmanns Auto hat nämlich keine Standheizung.«

Alisa schlug sich mit einer Faust aufs Knie. Das konnte doch gar nicht wahr sein. Hatte Claudias Haus etwa einen Hinterausgang, durch den sie längst entwischt war? Oder benutzte sie ausnahmsweise ein anderes Auto? Zu allem Übel spazierte plötzlich auch noch die Gräfin von Brachte in die Tiefgarage.

»Henriette, hörst du mich? Geh mal auf den Balkon oder so, wir müssen reden!«, sagte Alisa leise in das Funkgerät. »Was ist das für ein Mist? Warum läuft die Gräfin in der Garage herum? Das musst du mir doch melden, Henry! Hol die wieder rauf in den Klub, sonst verscheucht sie noch Claudia, falls die endlich hier auftaucht.« Alisa lugte unauffällig durch das Seitenfenster des Busses. Aber die Gräfin von Brachte machte keinerlei Anstalten, zurück in den Keller des Hotels zu laufen. Im Gegenteil: Sie steuerte direkt auf Alisas Versteck zu.

»Vielleicht hat die nur was in ihrem Auto vergessen«, hörte Alisa Henry durch das Funkgerät sagen. Aber dann

stockte Henry. Sie schluckte und fragte mit zitternder Stimme: »Alisa, ist sie noch da?«

»Ja«, flüsterte Alisa. Die Gräfin war nur noch wenige Meter vom Bus entfernt.

»Scheiße! Sie ist auch wieder hier, hat gerade den Raum betreten«, flüsterte Henry ins Funkgerät. »Es sind zwei! Claudia ist unschuldig! Unsere Täterin muss die Gräfin sein!«

Plötzlich hörte Alisa Hausmanns Stimme aus dem Funkgerät. »Alisa, mach, dass du aus dem Auto kommst! Das wird mir zu heiß! Ich hol die Polizei!«

Aber es war schon zu spät. Die Gräfin von Brachte öffnete die Fahrertür des Busses, warf einen dunklen Sack auf den Beifahrersitz und kletterte hinter das Lenkrad. Sie startete den Wagen und fuhr aus der Tiefgarage.

»Alisa, bist du noch da?«, fragte Henry aus dem Funkgerät.

Alisa zog den Kopf ein und hielt sich am Griff neben der Schiebetür fest. Sie stellte das Funkgerät leise.

»Alisa, wo bist du?«, fragte Hausmann.

»Ich bin noch im Auto, sie ist zu schnell losgefahren«, flüsterte sie. Sie hatte keine Ahnung, ob die Gräfin sie durch die Trennwand hören konnte.

»Wo fahrt ihr hin? Es kommen doch nur noch drei Häuser infrage!«, hörte sie Henriette fragen.

Alisa lugte aus dem Seitenfenster. Sie bogen gerade in die Altenburger Allee ein. Das hieß, dass sie Richtung Stadtwaldviertel unterwegs waren. Alisa überlegte fieberhaft, wer von den Doppelkopfmitgliedern im Stadtwaldviertel wohnte. Aber es fiel ihr nicht mehr ein. Wenn sie doch nur Henrys fotografisches Gedächtnis hätte …

»Wir fahren gerade in die Altenburger Allee, Richtung Stadtwaldviertel«, flüsterte sie ins Mikrofon.

»Das heißt, ihr seid unterwegs zu …«, hörte sie Henry sagen.

Aber dann fuhr die Gräfin über einen Hubbel. Alisa sprang das Funkgerät aus der Hand. Sie versuchte, es zu schnappen, erwischte es aber so unglücklich, dass das

Gummi auf eine Metallschnalle im Boden stieß und riss. Das Funkgerät zerfiel in seine Einzelteile.

Alisa brach der kalte Schweiß aus. Jetzt war sie allein. Ganz allein. Und sie konnte weder Henry noch Hausmann sagen, wo sie war. Von der Polizei mal ganz zu schweigen.

Ihr Herz raste, als der Wagen langsamer wurde. Sollte sie jetzt versuchen, durch die Seitentür zu verschwinden? Andererseits würde die Gräfin das mitbekommen und wäre gewarnt. Da war es besser, auf der Ladefläche zu warten, bis sie am Ziel ihrer kleinen Fahrt waren.

Der Wagen fuhr plötzlich rückwärts. Alisa rückte näher an die Seitentür. Sobald die Gräfin weg war, würde sie diesen Wagen verlassen und sie wollte ihn nie, nie wieder betreten.

Die Gräfin stellte den Motor aus. Alisa hörte die Fahrertür schlagen.

Jetzt noch bis zwanzig zählen und dann nichts wie raus hier, dachte Alisa. Sie begann zu zählen.

Eins, zwei, drei, vier, fünf …

Weiter kam sie nicht. Denn plötzlich wurde die Seitentür aufgerissen und jemand leuchtete Alisa mit einer Taschenlampe genau in die Augen.

»Wen haben wir denn da?«

Alisa hielt sich eine Hand vor die Augen, damit das Licht sie nicht so stark blendete.

»Komm raus da, aber ein bisschen plötzlich«, knurrte die Gräfin.

Alisa stieg aus.

»Soso, dich kenne ich doch schon.« Die Gräfin sah sich um. Dann schnappte sie sich plötzlich Alisas Arm, drehte ihr den auf den Rücken und schob sie vor sich her zu dem großen Haus, hinter dem sie den Bus geparkt hatte. »Gib bloß keinen Mucks von dir, Fräulein!«

Sie liefen um eine Ecke des Hauses, stiegen fünf Stufen hinab zu einer Kellertür. Alisa traute ihren Augen kaum, als sie sah, wie geschickt und routiniert die Gräfin diese Tür mit einem Dietrich öffnete.

»Brechen Sie schon lange bei fremden Leuten ein?«, fragte Alisa.

»Ich breche niemals bei Fremden ein«, antwortete die Gräfin. »Ich weiß nämlich ganz gern, ob sich das Risiko lohnt. Und jetzt genug gequatscht. Los, rein mit dir!«

Sie schob Alisa in den Keller. »Ich habe gehört, dass die Polizei dich für eine Einbrecherin hält«, sagte die Gräfin. »Das ist doch fabelhaft, oder? Ich räume jetzt in aller Ruhe das Haus von Stein aus und wen wird die Polizei wohl finden?« Sie kicherte. »Dich! Und das zum zweiten Mal! Tja, du bist eben zu neugierig gewesen, mein liebes Mädchen. Jetzt wirst du wohl in ein Heim für schwer erziehbare, kriminelle Kinder kommen, du armes Ding.« Sie lachte schallend. Dann öffnete sie ein finsteres Kellerräumchen, schubste Alisa hinein und schloss die Tür von außen ab. »Tut mir Leid, Kleines. Ich muss rasch die Alarmanlage ausschalten. Aber ich schalte sie wieder ein, bevor ich gehe, darauf kannst du Gift nehmen.«

Alisa stand mit offenem Mund da. Das konnte doch gar nicht wahr sein. Zweimal war sie der Gräfin auf den Fersen gewesen und beide Male sperrte die sie einfach ein. Sie lehnte sich mit dem Rücken an die Kellerwand. Und als sie die Gräfin oben im Haus des Herrn von Stein herumpoltern hörte, rutschte sie mit dem Rücken an der Wand runter, vergrub das Gesicht in den Händen und versuchte, nicht zu heulen.

13. Kapitel

Alisa! Alisa, wo bist du?«

Alisa sprang auf, als sie Henrys Stimme hörte. »Ich bin hier unten!«, schrie sie und hämmerte an die Tür. »Henry, ruf die Polizei! Die Alte läuft da oben noch rum!«

Aber dann hörte sie den Schlüssel in der Kellertür. Henriette kam zu ihr in das Räumchen gestürzt und nahm sie in die Arme. »Die Alte läuft nicht mehr rum. Die Alte sitzt im Wohnzimmer – in Handschellen.«

Alisa konnte die Tränen nicht mehr zurückhalten. Dieser Fall war wirklich zu groß für sie gewesen. Sie hatten sich überschätzt und das gleich zweimal. So etwas sollte guten Detektiven nicht passieren.

Plötzlich stand auch Larry neben ihr. »Frau Zeiler will dich sprechen, wenn du kannst.«

Alisa wischte die Tränen von den Wangen. »Wer hat sie denn erwischt?«

Larry grinste. »Hase natürlich! Die alte Schachtel hatte sich unter dem Bett verkrochen, aber Hase hat sie sofort aufgespürt!«

Sie liefen hinauf in das ehrwürdige Wohnzimmer des Herrn von Stein. Und da standen sie alle unter dem Schein des Kronleuchters vor dem offnen Kamin: Frau Zeiler und Herr Horstmann von der Kripo, zwischen ihnen die Gräfin von Brachte, mit Handschellen gefesselt. Herr von Stein war auch schon alarmiert worden. Er saß kopfschüttelnd und schweigsam in einem Ohrensessel. Und Sherlock Hausmann lehnte im Türrahmen und verschluckte fast seinen Kaugummi, als Alisa hereinkam.

»Gott sei Dank, da bist du ja! Ist alles in Ordnung mit dir?«, fragte der Detektiv.

Alisa nickte.

»Wo hast du gesteckt?«, fragte Frau Zeiler, die plötzlich viel freundlicher war als bisher.

»Im Keller«, antwortete Alisa knapp. »Hat sie gestanden?«

Frau Zeiler schüttelte den Kopf. »Diese Dame schweigt wie ein Grab. Aber das wird ihr nichts nützen.« Sie sah der Gräfin in die Augen. »Wir warten nur noch auf die Verstärkung. Dann kommt sie mit uns auf die Wache. Da stellen wir dann mal in aller Ruhe ihre Personalien fest.«

»Wie? Sie wissen immer noch nicht, wer das ist?«, fragte Henriette verdutzt.

Die Polizisten sahen sich an. Sie zuckten mit den Schultern.

»Es sieht aus, als sei es die Gräfin von Brachte«, sagte Herr von Stein.

Henry nickte. »Sie ist es. Allerdings nicht Luise von Brachte, sondern Margarete.«

»Die Zwillingsschwester?«, fragte Larry. »Ich verstehe gar nichts mehr. Ich dachte, die sei vor ein paar Jahren bei einem Autounfall in Südamerika ums Leben gekommen.«

»Das dachte ich allerdings auch.« Sherlock Hausmann legte seine Stirn in Sorgenfalten.

»Sie ist nicht tot, das seht ihr doch!«, rief Henry. »Luise von Brachte sitzt noch immer im Hotel ›Schellerhof‹. Und ich schlage vor, dass Sie sie schleunigst verhaften lassen, denn sie hat die Häuser für ihre Schwester ausspioniert. Außerdem hat sie bei ihren Besuchen in der Küche des Hotels die Schlüssel zum Tatfahrzeug besorgt. – Fragen Sie die Köchin: Frau von Brachte guckt bei jedem Treffen in der Küche vorbei. Und der Autoschlüssel hängt im Schlüsselschrank, direkt neben der Tür.« Herr Horstmann begann, ziemlich nervös zu telefonieren, während Henriette fortfuhr: »Der Tod in Südamerika war nur vorgetäuscht. Margarete lebt seit ein paar Jahren bei ihrer Schwester Luise von Brachte.«

»Woher wissen wir das?«, flüsterte Larry.

Henry grinste. »Gute Frage, Larry. Wir wissen das von den Freunden von Luise von Brachte. Die haben nämlich gemerkt, dass seit dem Tod ihrer Zwillingsschwester etwas mit der Gräfin nicht stimmt. Morgens telefonieren sie mit ihr, da ist sie freundlich. Aber wenn sie sie später in der Stadt treffen, kann es sein, dass sie plötzlich mürrisch ist. Das haben wir ja auch erlebt.«

Alisa nickte. »Dabei ist Luise nicht launisch! Luise von Brachte ist höflich. Aber ihre Schwester Margarete kennt eben nicht alle Leute, die Luise kennt. Deshalb ist sie immer so kurz angebunden, wenn die Freunde ihrer Schwester sie in der Stadt treffen.«

»Und das Motiv?«, fragte Larry. »Ich dachte, die Gräfin sei steinreich.«

»Mehr Geld kann man immer gebrauchen, oder?«, knurrte Hausmann. »Außerdem wären die beiden Gräfinnen nicht die ersten Menschen, die mehr ausgeben, als sie besitzen.« Er berührte seine Knubbelnase mit der Fingerspitze. »Das sagen mir mein Riecher und meine Berufserfahrung.«

Frau Zeiler sah Henriette an. »Und das könnt ihr alles beweisen?«

Henry und Alisa nickten. »Lückenlos, Frau Kommissarin.«

»Eines verstehe ich allerdings nicht: Bei der Gräfin von Brachte ist doch auch eingebrochen worden. Wer ist denn für diesen Einbruch verantwortlich?«, fragte Herr von Stein.

»Die Gräfinnen selbst. Das war nur Ablenkung«, sagte Alisa. »Beim zweiten Einbruch ist Margarete von Brachte sogar vor dem Haus von Herrn Dauer gesehen worden! Wir haben das damals nicht ernst genommen, weil wir es für eine Verwechslung hielten. Denn wir dachten ja, dass es Luise von Brachte gewesen sein müsste – und die war zur Tatzeit im Klub.«

»Und wie seid ihr draufgekommen, dass es zwei sind?«, fragte Frau Zeiler.

Henry schmunzelte. »Erstens hat unser Kampf-Kater Hase der Gräfin einen Ohrring abgejagt, als sie im Haus von Tante Adele war. Aber das allein war noch kein Beweis. Denn von diesen Ohrringen gab es drei Paare: Eins hatte Luise von Brachte, eins trug Margarete von Brachte und zufälligerweise hat auch Kellermeisterin Claudia Mühlenbrink solche Ohrringe. Aber ich bin mir sicher, dass Claudias Paar noch vollständig ist, während sie bei Margarete von Brachte nur das Gegenstück zu diesem Ohrring finden werden.« Henry überreichte der verblüfften Kommissarin den Ohrring. »Aber richtig kapiert habe ich es erst, als es zu spät war. Sehen Sie hier?« Henriette deutete auf den Hals der Gräfin. »Hier ist ein ziemlich auffälliger Leberfleck. Den hat Margarete, aber Luise hat ihn nicht. Das ist mir erst heute Abend beim Doppelkopf klar geworden. Die Gräfin, die wir vor dem Supermarkt getroffen haben, war Margarete. Die Gräfin, die schon seit Jahrzehnten mit unserer Tante Adele befreundet ist, heißt Luise.«

»Nun, Frau Gräfin, wollen Sie nicht doch etwas zu diesen Vorwürfen sagen?«, fragte Frau Zeiler schnippisch.

Tatsächlich öffnete Margarete von Brachte ihren Mund und sagte: »Ich möchte meinen Anwalt sprechen.«

Herr Horstmann beendete seine Telefonate und nickte. »Ja, das sollten Sie. – Wir lassen übrigens gerade das Haus Ihrer Schwester durchsuchen. Wollen Sie uns nicht lieber gleich sagen, wo Sie die Beute versteckt haben? Das könnte den Richter milde stimmen. Da sparen Sie sich vielleicht ein Jahr im Knast.«

Aber Margarete von Brachte hüllte sich wieder in eisiges Schweigen, bis die Verstärkung kam und sie endlich abführte.

»Ich möchte mich bei euch für eure Hilfe bedanken.« Herr von Stein schüttelte den drei Kindern und auch

Sherlock Hausmann zum Abschied herzlich die Hände. »Vielen, vielen Dank. Das habt ihr großartig gemacht.«

»Und ich muss mich wohl für mein schlechtes Benehmen entschuldigen«, sagte Frau Zeiler. »Ihr wart aber auch verflixt verdächtig.«

Alisa zwinkerte der Polizistin zu und sagte: »Machen Sie sich nichts draus, Frau Kommissarin. Wir haben bis zum Schluss auch einen falschen Verdacht gehabt. Das kann jedem mal passieren.«

Und Henriette fügte schnippisch hinzu: »Selbst Profis wie uns.«

Frau Zeiler verdrehte die Augen. »Macht, dass ihr nach Hause kommt! Und vergesst euren wahnsinnigen Kater nicht. Ich glaube, der stromert hier noch irgendwo …« Aber weiter kam Frau Zeiler nicht, denn in diesem Augenblick stürzte sich Hase vom Wohnzimmerschrank aus auf sie und krallte sich in ihrer Frisur fest.

»Hase, komm her!«, rief Larry. »Das ist keine Einbrecherin! Die sieht nur so aus!« Er schlug sich die Hand vor den Mund und murmelte: »Entschuldigung, ist mir nur so rausgerutscht, Frau Kommissarin.«

Frau Zeiler seufzte. »Grüßt eure Eltern oder Stiefeltern oder Pflegeeltern – wie sagt ihr eigentlich zu denen?«

Alisa, Henry und Larry sahen sich an und antworteten: »Mona und Konni.«

»So heißen sie jedenfalls«, fügte Sherlock Hausmann grinsend hinzu und verabschiedete sich von den Polizisten.

Stammbaum

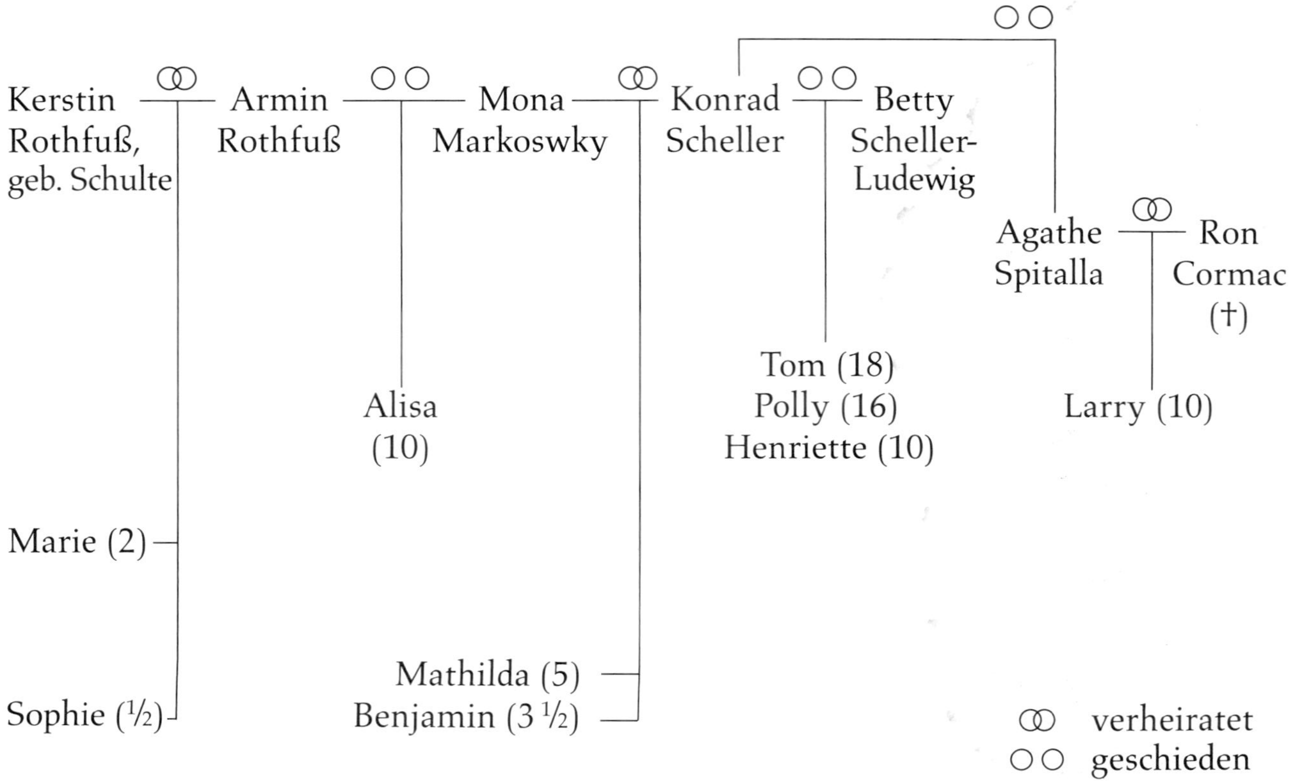
Kerstin Rothfuß, geb. Schulte
Armin Rothfuß
Mona Markoswky
Konrad Scheller
Betty Scheller-Ludewig
Agathe Spitalla
Ron Cormac (†)
Alisa (10)
Tom (18)
Polly (16)
Henriette (10)
Larry (10)
Marie (2)
Sophie (½)
Mathilda (5)
Benjamin (3 ½)
verheiratet
geschieden

Christian Tielmann wurde 1971 in Wuppertal geboren. Er studierte Germanistik und Philosophie in Freiburg und Hamburg und schreibt seit 1999 für verschiedene Verlage Kinder- und Jugendbücher. Heute lebt er in Köln.

Elisabeth Zöller

Lara Lustig und der große Klassenzauber

128 Seiten, illustriert, ISBN 3-570-12798-2

Zu ihnen traut sich kein Lehrer mehr, glaubt Lilly. Schließlich ist die 3a als »schlimme Klasse« verschrien. Da kommt Lara Lustig angetanzt mit einem ganzen Sack aufregender Ideen – und plötzlich macht Schule richtig Spaß! Den anderen Lehrern aber ist Lara Lustig ein Dorn im Auge. Jetzt muss die 3a beweisen, dass sie hinter ihrer Lehrerin steht!